РУССКИЙ БЕСТСЕЛЛЕР

Николай
ЛЕОНОВ
Алексей **МАКЕЕВ**

Подвал с секретом

МОСКВА
2020

УДК 821.161.1-312.4
ББК 84(2Рос=Рус)6-44
Л47

В оформлении обложки использован
коллаж художника *Игоря Варавина*

Леонов, Николай Иванович.

Л47 Подвал с секретом / Николай Леонов, Алексей Макеев. — Москва : Эксмо, 2020. — 320 с. — (Русский бестселлер).

ISBN 978-5-04-112394-9

Полковник МВД Лев Гуров расследует дело о пропаже человека. Это не первый случай: в том же районе при схожих обстоятельствах исчезли уже двое мужчин. Неужели действует серийный маньяк? Гурову удается установить водителя, который, по словам свидетелей, подвозил одного из пропавших. Сыщик спешит встретиться с подозреваемым, но дома его не застает. Зато в подполье, в потаенной комнате, случайно находит кучу изуродованных тел. Гурову кажется, что разгадка трагедии близка. Именно в этот момент он оказывается на волосок от гибели...

УДК 821.161.1-312.4
ББК 84(2Рос=Рус)6-44

ISBN 978-5-04-112394-9

ГЛАВА 1

Если бы Нину Фадееву попросили: назовите самый ужасный поступок, который вы совершили в жизни, она бы ни секунды не сомневалась в ответе. Назвала бы год, месяц и число того злополучного дня, когда мерзкий бес подбил ее на пакость. Да что день? Она с легкостью сообщила бы время, вплоть до секунды. Шестое августа, девятнадцать часов, двенадцать минут, шесть с половиной секунд. С этого момента затикал будильник, отмеряющий кому-то жизнь, а кому-то... Нет, это слово произнести-то страшно!

Почему? Ну почему мы крепки задним умом? Отчего так несдержанны? К чему все это упрямство, баранье бодание на мосту, перетряхивание грязного белья и перечисление чужих ошибок? Разумеется, ей, Нине Илларионовне, дипломированному экономисту тридцати семи лет от роду, человеку, далекому от сантиментов, вспышек ярости и вообще каких бы то ни было эмоций, ясно как божий день: разборки, поиски правды и справедливости в отношениях между мужчиной и женщиной только усугубляют положение. Тот, кто утверждает обратное — либо лицемер, в поисках тотального одобрения готовый поступиться любыми принципами, либо полнейший кретин. И никак иначе, как говаривала начальница Нины.

Сама по себе ситуация, о которой Фадеева вспоминала теперь с содроганием, не стоила выеденного яйца. Если бы не последствия. Но так уж вышло, что некрасивая сцена размолвки закончилась исчезновением одного из ее участников, и это все изменило. Слова, брошенные в пылу ссоры две недели назад, горели теперь клеймом на языке, а рука, вышвырнувшая спортивную сумку с вещами на лестничную клетку, мечтала о том, чтобы ей отсохнуть.

С Паней, как в шутку называла Нина своего жениха, Паранина Николая, они познакомились больше трех лет назад. Оба не первой свежести, о чем любила напоминать Нине все та же начальница, оба с негативным опытом за плечами и кучей эксклюзивных тараканов в голове, они вдруг словно приросли друг к другу. Так вот раз — и через три месяца они уже съехались.

Территорию для проживания выделила Нина. Ютиться в хибарке, гордо именуемой Николаем «загородной недвижимостью», экономист Нина, коренная горожанка, не пожелала. А Николай оказался непритязательным. Город — значит, город. И все-то у них пошло гладко, и все-то хорошо, если бы не одно «но»: сухой черствый экономист вдруг оказалась жутко ревнивой натурой. Она ревновала Николая двадцать четыре часа в сутки. Надо отдать должное, большую часть времени ей удавалось держать эмоции в узде, но иногда, как, например, шестого августа, плотину прорывало, снося все преграды, и Николай окунался в резервуар с каловыми массами. Аллегорически, разумеется.

Перед Ниной Паранин никогда не извинялся. От нее, впрочем, извинений тоже не требовал. Сколько бы ни бузила Нина, сколько бы ни бунтовала, все равно к нормальному состоянию придет. Надо просто переждать грозу, и будет тебе счастье. Но на этот раз Нина зашла слишком далеко. И Николай всерьез обиделся, впервые за три года. Вспылил, выдал что-то оскорбительное и шагнул через порог.

Нина дулась минут десять, потом до нее стал доходить абсурд ситуации. Зачем, ну зачем она унизила хорошего человека? Для чего усложнила и его, и свою жизнь? Смысла в разладе нет. Все равно через пару дней все вернется на круги своя. А что, если нет? Что, если на этот раз чаша терпения переполнилась? Ведь даже Паня, с его безграничным терпением, может не выдержать давления. У каждого терпения есть свой предел. Нет, такой вариант Нину не устраивал. Надо действовать, причем действовать быстро. Нужно вернуть Паню, а вместе с ним мир и душевный покой.

Где искать Николая, догадаться нетрудно. Его «загородная недвижимость» в виде дачного дома, приспособленного под круглогодичное проживание, — единственная альтернатива городской квартире Нины. Адрес ей известен, способ, которым Паня обычно добирается до дачного поселка возле деревни Локотня, не менялся за три года ни разу. От станции метро «Тушинская» он не ездит никогда, предпочитает прогуляться до Мякинино и сесть возле МКАД. Там автобус останавливается регулярно, а промежуточная станция позволяет избежать суеты и толкотни. Что поделать, если Паня жутко не любит толпу?

Дело за малым: бери такси и гони. Точного расписания рейсового автобуса Нина вспомнить не смогла, а тратить время на его поиски побоялась. Приехать на станцию и помахать уходящему автобусу платочком? Слишком киношно.

Таксист принял заказ, но, учтя спешку пассажирки, зарядил плату, в три раза превышающую реальную. Нина не торговалась, скользнула на переднее сиденье и махнула рукой в знак готовности выдать означенную сумму. Прибыв на станцию, наскоро расплатилась и сразу побежала к кассам. Пани видно не было. Она отыскала взглядом табло с расписанием пригородных автобусных рейсов, сверилась с часами. По ее подсчетам получалось, что до ее приезда Паня уехать не мог, просто не было подходящего рейса. Согласно расписанию, его автобус отходил через десять минут.

«Едва успела. Господи, только бы он был здесь! — мысленно взмолилась Нина. — Все, больше никогда! Никогда не позволю эмоциям взять верх». Повторяя слова, как мантру, она побежала к площадке с номером шесть, где проходила посадка на автобус, следующий на Тучково. Еще не добежав, Нина поняла, что Пани в числе пассажиров нет. Высокий рост, под метр девяносто, красивая, с серебряным отливом шевелюра и своеобразная манера одеваться всегда выделяли Паню из толпы. Из любой толпы.

«Ну, где же ты, где? — Нина остановилась и усердно водила головой из стороны в сторону, методично изучая панораму. — Не может быть, чтобы я ошиблась. Тебе просто больше некуда податься». И тут она его увидела. Вдруг. Резко. Неожиданно... А ведь искала же, искала...

Увидела и застыла. И снова омерзительно липкая ревность поползла к сердцу, попутно проникая в кровь, пока не добралась до мозга или что там от него осталось. Обещания, которые твердила минуту назад, были забыты. Единственное, о чем могла думать Нина, — он садится в незнакомую машину. Кто за рулем? Женщина? Его женщина или он подцепил себе первую встречную? Красива ли она? Молода ли? «Да что же это за напасть! Просто болезнь какая-то!» Нине удалось прервать ход негативных эмоций, и в дело тут же вступил рационализм: Паня сам машину не водит и друзей с авто не имеет, с частниками не связывается, платным попутчиком не напрашивается и вообще привычки свои вдруг не меняет.

Тогда почему она видит то, что видит? Вот он, серебристый автомобиль, не новый и не старый, в меру пыльный, в меру ухоженный. Распахнул свое чрево, собираясь поглотить Паню. Именно поглотить. Забрать насовсем, увезти далеко, чтобы обратно дороги не нашел. Почему так тревожно? Отчего сердце щемит? И ног от земли не оторвать, и язык к небу прилип. Ни окликнуть, ни подбежать.

И все же она крикнула. В самый последний момент, может, поэтому он и не услышал. «Паня, Паня!» — кричала Нина. Страх отпустил, гортань заработала, следом за ней задвигались и конечности. Нина бежала к автомобилю жалких тридцать секунд, после чего бежать уже смысла не было. Серебристый седан тронулся, подняв клубы дыма из-под колес. Она еще пару раз махнула рукой в надежде, что жест ее увидят и отреагируют. Но нет. Не отреагировали.

Сцена расставания так и не состоялась, Нина развернулась и побрела обратно в город. Чувствовала она себя опустошенной и возбужденной одновременно. Почему-то теперь, когда незнакомый автомобиль исчез из поля зрения, тревожное предчувствие ушло. На его место пришло что-то сродни облегчению. Вот он, долгожданный час, когда можно расслабиться. Приятно после трех лет напряжения, постоянного самоконтроля и тревоги вдруг оказаться снова предоставленной самой себе. Больше не нужно «держать марку», стараясь выглядеть как королева. Не нужно подниматься ни свет ни заря, чтобы успеть до его подъема нажарить эти проклятые пончики. Все время с разной начинкой, не забывай, с разной! Не нужно ловить его взгляд, опасаясь, что в нем вновь появятся растерянность и безысходность, пугающие до тошноты.

А что можно? Да все! Можно лежать на диване, задрав кверху ноги, и смотреть бесконечный сериал про любовные треугольники медицинских работников. И как это они умудряются успевать лечить людей в промежутках между сексом? Можно затариться пивом, врубить музыку (только в наушниках, разумеется) и балдеть под Земфиру или одиозного Лепса. А можно скачать философскую канитель Кафки, обложиться пирожными и шоколадом и читать от заката до рассвета. А потом спать от рассвета до заката. И никому никакого дела не будет, насколько твои привычки не соответствуют твоему статусу. Какие есть, те и твои.

Вернувшись домой, ничем подобным заниматься Нина не стала. Выпила рюмку коньяка, скорее для проформы, чем для успокоения нервной системы, и завалилась спать. Наутро первым делом проверила сообщения: во всех мессенджерах было пусто. Посмотрела запись звонков — ни одного пропущенного. Загрузила операционку на ноутбуке, вошла в почту — и там ничего. «Что теперь? — подумала она, откинувшись на спинку кресла, мысли, одна противнее другой, закопошились в голове, точно вши в давно не мытой шевелюре бродяги. — Написать самой?» Нет, это не в ее правилах. Показывать мужику свою привязанность противопоказано. Им только дай слабину — тут же на шею сядут.

«Ну и пусть! Пусть садится, пусть хоть ножки свесит и погоняет, только бы вернулся». Мерзкий страх путал мысли, мешал сосредоточиться и объективно оценить ситуацию. Минут десять Нина сидела над раскрытым ноутбуком, но так ничего и не написала. В конце концов хлопнула крышкой и начала собираться на работу. Любовь любовью, а трудовые обязанности выполнять надо.

Три дня она не находила себе места, три дня не выпускала из рук телефон в надежде, что Паня позвонит или хоть как-то обозначится. Не обозначился. В конце третьего дня Нина, наплевав на принципы, набрала его номер. Послушала приятный голос автоинформатора, сообщивший о том, что телефон абонента выключен, и сбросила звонок. В памяти тут же всплыл незнакомый автомобиль, в который три дня назад сел Паня, и сердце защемила тоска.

«Знать бы, почему он молчит? Если все еще дуется, не страшно. А если с ним что-то случилось.» Вопрос, произнесенный мысленно, вдруг обрел физические формы. Буквы красной строкой высветились на белоснежной стене спальни и, похоже, убираться оттуда не собирались. Напротив, они росли в размере до тех пор, пока не заняли всю стену, после чего начали расплываться, изменять форму, превращаясь в живые динамические картины.

Страшные истории Нина никогда не любила, криминальные новости не смаковала и вообще предпочитала игнорировать все, что касалось насильственной смерти. А тут эти картинки — одна страшнее другой, и такие натуральные, такие пугающие... «Прекрати немедленно, слышишь, Фадеева, прекрати!» Но приказ прозвучал вяло и неубедительно, соответственно, и пользы не принес. Уверенность, что ужасные вещи могут происходить с кем угодно, только не с ней, та уверенность, что сопровождала Нину три десятка лет, растаяла, словно дым, унесенный порывом ветра.

— Паника тебе не поможет. То, что произошло, уже произошло, и повлиять ты на это никак не можешь. Значит, сосредоточься и подумай, что делать дальше, — теперь уже вслух проговорила она.

Нужно поехать к Пане. Самой, без предупреждения. И будь что будет! Нина бросила взгляд на часы: двадцать два сорок пять. Поздновато, но откладывать поездку до утра — только лишний раз нервы трепать. Таксистам без разницы, в ночь работать или в день. Отчета от нее никто не потребует, с чего она решила ехать на дачу на ночь глядя — не их собачье дело. Кто платит, тот и музыку заказывает.

Нина набрала номер вызова такси, выдала девушке-оператору начальный и конечный адрес следования, дала согласие на ожидание, после чего, сжав в руке телефон, застыла в кресле. Через десять минут пришло сообщение: белый «Рено Логан» ожидал ее у подъезда. Схватив сумку, она выскочила из квартиры и быстро сбежала по лестнице. Таксист, пожилой мужчина с добродушной улыбкой на лице, попытался завязать разговор, но быстро понял, что к беседе пассажирка не расположена, и заткнулся. Так всю дорогу молча и проехали.

Остановив машину у дачного дома Пани, таксист снова заговорил:

— Что-то темно в окнах, может, нет никого? Или к себе приехали?

— Неважно. — Нина расплатилась наличными, отсчитав приличную сумму чаевых. — Все в порядке, вы можете ехать.

— Подожду, пожалуй. Мне не трудно. — Таксист не поленился, вышел из машины, открыл перед Ниной дверь. — Все равно обратно порожняком ехать. Пара лишних минут погоды не сделают.

— В этом нет необходимости, — более резко, чем собиралась, оборвала его Нина. Почему-то ей не хотелось, чтобы таксист стал свидетелем сцены. Какой сцены? Она и сама не знала, просто сам факт, что незнакомый человек наблюдает за ее позором, был ей неприятен. Она уже жалела о своем порыве. Зачем она сюда приехала? Что ее ждет? Чего она сама ждет?

— Иди, дочка, — подбодрил таксист. Ласково так, по-отечески. — И не волнуйся, я подожду. Если что, шумнешь.

На этот раз Нина возражать не стала. Глядя на холодные темные окна дома, ей вдруг стало как-то зябко. Она хорошо помнила, что Паня всегда оставляет на ночь свет над крыльцом. И в саду фонарь включает. Сейчас же дом стоял в абсолютной темноте, и это пугало. До калитки еле доползла, ноги отказывались слушаться. Еще не дошла, а уже поняла — с Паней случилась беда. Не от обиды он молчит, не из-за нанесенного оскорбления не дает о себе знать. В этом ее убедил массивный замок, уродливым монстром свисавший с проушин калитки. Это могло означать только одно — на даче Пани нет, а может, и вообще не было.

Собираясь впопыхах, Нина не подумала о том, чтобы взять с собой запасные ключи. Минуту стояла, пялясь на замок, потом вспомнила: северная сторона участка не граничит с соседними, а проходит по проулку и выходит в поле. Там, на самой границе с восточной стеной забора, есть лаз. Паня не заделывал его принципиально, цепляясь за детские воспоминания, когда мальцом бегал от матери в лес. Мать строго-настрого запрещала ему одному по лесу шататься, а он от этого получал какое-то свое, странное удовольствие. Сейчас уже не бегал, но лаз так и остался на месте.

Нина прошла до угла, свернула в проулок, добралась до лаза и в нерешительности остановилась. Деревянные штакетины выглядели все одинаково. Если не знать про лаз — ни за что не догадаешься о его существовании. Но что, если в доме все же кто-то есть? Не Паня. Кто-то чужой, тот, кто знает про лаз и про запасной ключ в чулане? Может, не стоит туда идти? Может, лучше вернуться в город, дождаться возвращения Пани? Ведь не может же он просто так уйти? В конце концов, в квартире остались его вещи. То, что она ему в сумку спортивную покидала, так — мелочи. Он ведь даже ноутбук не забрал, а там у него рабочие материалы, без которых никак не обойтись. Пусть сейчас он в отпуске, может себе позволить не думать о бумагах. А когда отдых к концу подойдет? Все равно придется встретиться.

— Решила с задов зайти?

Звук голоса таксиста напугал Нину до чертиков. Она не слышала его шагов, полностью погрузившись в свои мысли. Подскочила, как ужаленная, оглянулась и не сразу сообразила, что происходит. Когда же дошло, что это всего-навсего сердобольный таксист, затопило облегчение и чувство благодарности к этому совершенно чужому, по сути, человеку.

— На калитке замок, — объяснила она.

— И ты решила пойти обходным путем. Для чего? Ведь ясно — никого в доме нет.

— Хочу убедиться.

— Ладно, пошли. Ох уж мне эти женщины, — сокрушенно качнул головой таксист, пощупал пару штакетин, пока не нашел ту, что не закреплена, отвел ее в сторону и первым полез в образовавшийся проем. — Надеюсь на то, что находиться здесь ты все же имеешь право.

Нина не ответила. Благодарно улыбнулась и нырнула следом за таксистом. В саду осмотрелась. Все как обычно, никаких изменений. Только непривычно темно. Одна она здесь никогда не бывала, и при полной темноте видеть сад ей не приходилось. Таксист уже шагал к крыльцу, и Нина поспешила его догнать. Громко стуча каблуками ботинок, он поднялся на крыльцо, а она осталась внизу.

— Говорил же, нет никого. Видишь? И здесь тоже замок, — для наглядности подергал таксист замок и даже постучал им о металл двери. — Кого найти хотела?

— Жениха.

— Сбежал?

— Похоже на то.

— Ничего, погуляет и вернется. Мужики — они народ примитивный и к переменам не расположенный. Взбрыкнуть, погудеть пару-тройку дней — это запросто. А на третий день все равно в привычную колею потянет. Вернется, никуда не денется.

— Хорошо, если так, — вздохнула Нина. Протяжный вздох повис в воздухе, нагоняя тоску.

— Не горюй, дева, все образуется, — улыбнулся таксист, спускаясь с крыльца. — Поехали домой, что ли?

— Нет, я останусь, — объявила Нина. — Утром по соседям пройдусь, хоть узнаю, был ли он здесь вообще.

— Оно тебе надо? Не серчай, дочка, но лучше бы тебе переждать. Негоже это — за мужиком бегать.

— Сама знаю, что негоже. Только на душе неспокойно. — Нина снова вздохнула. — Его уже три дня нет. Дома нет. Думала, он здесь, да сами видите, ошиблась. Пойти ему больше некуда.

— Ну, как знаешь. Совет ведь не приказ, к выполнению не обязателен, — озабоченно покачал головой таксист. — Ключи-то есть?

— В сарае, в чуланчике.

— Пойдем, достанем.

Вместе дошли до сарая, отыскали ключ, вернулись на крыльцо. Нина отперла дверь, вошла внутрь. Таксист вошел следом, дождался, пока она зажгла свет в прихожей, кухне и гостиной на первом этаже, после чего молча вышел. Провожать его Нина не пошла. Обошла все комнаты, но следов пребывания Пани нигде не заметила. Последний раз они были здесь пару недель назад. Перед отъездом она навела порядок, и этот порядок сохранился нетронутым. Аккуратностью Паня не отличался. За три года Нина не помнила случая, чтобы он хоть одну вещь на место положил, а тут все осталось так, как сложила она.

Вывод напрашивался сам собой: до дачи Паня не доехал. Тогда где он? Кто сидел за рулем той машины? Куда увез Паню? И снова вязкий страх охватил ее. К ревности он уже не имел никакого отношения, теперь это был страх за жизнь любимого человека. Через пару минут к нему прибавились угрызения совести. Вот ведь паршивка! Совсем со своей ревностью сбрендила, три дня любимого нет, а она и ухом не ведет. Надо было сразу тревогу бить, полицию на уши поднимать, а не высиживать, упиваясь обидой.

До утра Нина просидела на кровати в спальне второго этажа. Она слышала, как завел двигатель таксист, как отъехала машина. Слышала, как яростно лаял соседский пес, потревоженный шумом двигателя. Как недовольно ворчал сосед, во всеуслышание проклиная полуночников, которым нечем больше заняться, как только соседей по ночам будоражить. Слышала, как тикал допотопный будильник на прикроватной тумбочке, отмеряя секунды, но сдвинуться с места заставить себя так и не смогла. Как не смогла отогнать и страшные картины, вереницей проносящиеся в растревоженной запоздалым беспокойством голове.

В восемь утра пошла по соседям. Как и предполагала, никто Николая не видел с тех самых пор, как они две недели назад, закрыв калитку на замок, отчалили в город. Серый автомобиль тоже не заметили. Ни у дачи, ни в окрестностях. Место здесь было не особо популярное, чужаков немного, так что в словах соседей Нина не сомневалась. Вернулась в дом, закрыла дверь на замок и отправилась на автостанцию. Доехав до города, позвонила на работу и сообщила о том, что берет отгул. Ворчание начальника просто проигнорировала. Сказала, у меня форс-мажор, и сбросила вызов. После этого пару минут просидела в задумчивости, потом снова достала телефон и сделала то, что должна была сделать еще три дня назад.

Она позвонила в полицию, но не в дежурную часть, а своему давнему знакомому, Валере Жаворонкову. Он служил на Петровке, в информационном отделе при Московском уголовном розыске. Кому звонить, если не ему? Надеяться на оперативность доблестной полиции лучше, когда уверен, что свой человек станет их подгонять, так считают многие россияне, и Нина в этом вопросе исключением не являлась.

Спустя две недели после звонка Жаворонкову Нина сидела на скамейке парка на Страстном бульваре, возле памятника Владимиру Высоцкому, и ждала возвращения Валерки. Час назад они встретились здесь для того, чтобы обсудить план дальнейших действий. По сути, обсуждать им было нечего. Заявление о пропаже Николая Паранина, тридцатидевятилетнего страхового агента, у них приняли сразу. Погоны Жаворонкова сделали свое дело, отфутболить Нину не посмели. Но это было практически единственное их совместное достижение. Регистрация заявления прошла быстро, показания с Нины снимал опытный сотрудник, так сказал ей Валера, но результатов и по сей день от этих действий не было никаких.

К моменту сегодняшней встречи Нина дошла до отчаяния. Она цеплялась за рукав форменной рубашки своего друга и, размазывая по щекам слезы, твердила одно и то же, как заведенная:

— Валера, помоги! Помоги, Валера!

Валерка сперва растерялся, начал неловко гладить Нину по волосам, в надежде, что истерика пройдет. Но это простое действие только усугубило ситуацию. Нина вконец разнюнилась, и остановить слезы ей оказалось уже не под силу. Валерке пришлось бежать в магазин, покупать коньяк и воду без газа, вливать все это в рот подруги и уговаривать проглотить мерзкую жижу. Коньяк все же подействовал. Нина прекратила цепляться за руку друга и даже нашла в себе силы отыскать в сумочке платок. Сморкаясь и растирая по щекам косметику, она принялась извиняться, чем вконец смутила Жаворонкова. Ему было непривычно видеть Железную Леди Фадееву в таком раздрае. Он просто не знал, что с ней делать. А уж слова извинения из ее уст, в понятии Валерки, звучали совсем дико.

Вот тогда он и предложил то, что предложил. Сам от себя не ожидал, так как с самого начала дал себе зарок — впутывать в поиски Нининого жениха полковника Гурова он не станет ни под каким предлогом. У того и без Нининых заморочек дел по горло, да и просителей выше крыши. Ему ли, капитану Жаворонкову, не знать? Но когда подруга в таком состоянии, что еще можно придумать, чтобы дать ей хоть какую-то надежду? Вот он и выдал фразу, после которой назад пути уже не было.

— Слушай, есть еще один вариант. Ребятам по месту жительства продвинуться в поисках Паранина не удалось и теперь уже вряд ли удастся, — начал он. — Но ведь на них свет клином не сошелся.

— Вот спасибо, утешил, — снова всхлипнула Нина, и Валера поспешил продолжить:

— Только не начинай, Нинок! Говорю же, есть еще один вариант. Ты что, не слушаешь меня совсем?

— Какой вариант, Валера? Нет у нас никаких вариантов, — безнадежно махнула она рукой. — Пропал мой Паня, и это без вариантов. Увез его тот автомобиль, а куда, мы никогда не узнаем.

— Не паникуй раньше времени. И руки не опускай. Знаешь, через сколько лет иногда люди находятся? И через десять, и через двадцать лет. Я на такое насмотрелся. Его уж похоронили, памятник поставили. Могила травой по пояс заросла, а он вдруг возьми да и объявись, живой и невредимый.

— Валера, ты бы лучше помолчал. Просто помолчал, и все, — устало проговорила Нина.

— Да почему помолчал? Я ведь дело говорю. Всякое в жизни бывает. Может, твой Паня память потерял. Или в реанимацию попал, лежит в палате неопознанным. Пока в сознание не придет, ты о нем и не узнаешь. А потом оклемается, сам тебя найдет...

— Что за вариант? — перебила она Валеру. Слушать о том, как Паня в критическом состоянии лежит на больничной койке, она не желала.

— К Гурову пойдем, — выпалил Валерка. — Он мужик дельный, наверняка что-нибудь придумает.

— Отфутболит он тебя. Не его дело, скажет, пропавшими заниматься. — Кто такой полковник Гуров, Нина знала и о его вечной занятости осведомлена была.

— Не отфутболит, — покачал головой Валерка и добавил без прежней уверенности: — Не должен.

Он вспомнил, что не так давно генерал Орлов отчитал Гурова за сердобольность, заявив, что благотворительные акции в отношении просителей со стороны он рассматривает как профессиональную слабость полковника. Ох, Гуров тогда разобиделся! Парнишку, который за отца просить пришел, чуть не бортанул. Вернее, отправил уже восвояси, да натура не позволила, вернул. Вернул и помог. Громкое тогда дело вышло, а Гуров довольный ходил и даже генералу высказал, что работа, мол, его в том и заключается, чтобы людям помогать.

— Что притих? Дошло, что Гуров твой не волшебник и не все в этом мире ему подвластно? — грустно пошутила Нина.

— Все не все, а кое-что точно. Сделаем так: ты посидишь здесь, незачем толпой к Гурову вваливаться, а я пойду переговорю с ним. Получу добро, вернусь за тобой.

— А если не получишь?

— Получу. Мы с ним сколько лет в одной упряжке, неужели откажет? — Валера будто сам себя убеждал. — В крайнем случае напомню, сколько раз я его поручения вне работы выполнял. Но это в самом крайнем... Ладно, жди, Нинок. И не кисни, найдем мы твоего Паню. Живого... — Он осекся, поняв, что только что чуть в лужу не сел. Но Нина все поняла и печально закончила:

— Или мертвого. Да, Валера, теперь уже речь идет именно о таком раскладе. Что ж, сама виновата, нечего было из дома выгонять. — Она снова начала хлюпать носом, и Жаворонков поспешил убраться из парка.

— Я постараюсь вернуться побыстрее, — бросил он на ходу.

Нина осталась одна и с трудом подавила нахлынувшие в очередной раз слезы. Плакать сейчас, когда проклюнулся новый шанс, ей показалось занятием глупым. Уж лучше провести время ожидания с пользой. В чем заключается эта польза? Эх, жаль, она не любительница фильмов и книг детективного жанра, сейчас бы знала, что нужно делать. Наверное, вспомнить тот день, когда видела Паню в последний раз, в мельчайших подробностях? Похоже на то. Ведь Гуров наверняка с этого допрос начнет. Или это называется не допрос, а беседа? Плевать, как бы ни называлось, главное, чтобы состоялось.

Воссоздать сцену на автовокзале несложно, она и так стоит перед глазами двадцать четыре часа в сутки. Вот она просматривает табло с расписанием автобусных рейсов, вот бежит к посадочной площадке под номером шесть, вертит головой в поисках любимого. Затем разворачивается и натыкается взглядом на седую шевелюру и ярко-оранжевую с черными полосами толстовку. И все. Дальше — ступор. Нет, помнить-то она все помнит, только сможет ли заставить себя рассказать кому-то о том, что почувствовала тогда и что чувствует теперь?

Спросит ли Гуров, почему она сразу не побежала к машине? Почему не набрала номер Пани, когда поняла, что машина уезжает? Сможет ли она объяснить, как вышло, что Николай вообще оказался сперва на вокзале, а затем в той злополучной машине? Поймет ли он, что вся проклятая ситуация — не более чем досадное недоразумение. Нет, нет, думать сейчас об этом совершенно неуместно. Валерка прав, теперь все гораздо серьезнее. Теперь речь идет о жизни и смерти. Больше нет сбежавшего жениха, нет глупой размолвки, теперь есть пропавший человек. Может она или не может вспоминать тот день, тяжело ей или стыдно, о себе и своих чувствах придется забыть.

«Только бы он согласился, только бы Валерке удалось уговорить Гурова помочь! Господи, хоть бы все закончилось благополучно! Я просто не вынесу бремени вины. Боже, только не это. Что угодно, только не это!» — Нина молилась отчаянно и безнадежно, даже не осознавая этого. Молила того, кого не знала, в кого не верила и даже не задумывалась о самом его существовании. Просила о снисхождении, как дети просят о прощении, не до конца понимая, в чем их вина. Разница лишь в том, что свою вину Нина ощущала всем естеством. Она виновата в том, что Паня исчез. На ней лежит ответственность, и, если все закончится ужасно, этот крест ей придется нести до конца жизни.

ГЛАВА 2

— Надо помочь человеку, Лев Иванович! Очень надо. Вы же знаете, если бы не крайние обстоятельства, я бы ни за что...

Валерка Жаворонков навис над столом полковника Гурова, уперев руки в край столешницы. Ему нечасто доводилось выступать в роли просителя, и от этого он усердствовал сильнее, чем того требовали обстоятельства. Щеки его раскраснелись, голос возвысился, грозя вот-вот сорваться на фальцет, язык не поспевал за мыслями, отчего слова путались и набегали одно на другое. Гурову же такие сцены были не в новинку. У него, можно сказать, иммунитет выработался относительно бурных проявлений эмоций со стороны просителей. Невозмутимость полковника росла пропорционально накалу страстей просителя. Вот и сейчас, наблюдая за тем, как отчаянно капитан Жаворонков пытается убедить его в эксклюзивности жизненной ситуации своей знакомой, Лев отстраненно размышлял о том, как, в сущности, банальны все эти истории. Банальны до тех пор, пока не копнешь.

— Лев Иванович, ну правда, ситуация патовая. Вы бы видели, в каком она состоянии! Она плакала! Нет, не плакала, она рыдала!

— Они все рыдают, Валера, в этом нет ничего удивительного или неординарного. Пропал дорогой ей человек, не плясать же теперь.

— Вы не понимаете, Лев Иванович. Фадеева, она же кремень! Я ее с малых лет знаю и ни разу не видел, чтобы она хоть слезинку проронила. Ни в детстве, ни потом. Да она и плакать-то не умеет, — горячился Жаворонков.

— Не умела, — поправил Гуров.

— Что?

— Не умела, говорю. Ведь сейчас у нее получилось, верно? Сам сказал — рыдает.

— Да, пожалуй. Неважно. Тут не философствовать нужно, а действовать. В таком состоянии долго она не протянет. — Жаворонков вновь устремил молящий взгляд на полковника: — Так как, Лев Иванович, поможете? Хотя бы выслушайте ее, о большем я не прошу. Если зацепиться не за что, так ей и скажете. Из ваших уст она примет и такой ответ.

— Валера, я тебя, конечно, уважаю, но и ты меня пойми. Пропажей людей занимается совершенно другое ведомство. И ты не хуже меня знаешь, как отреагирует Орлов. Правильнее будет обратиться к компетентным людям, которые на поиске пропавших собаку съели. В этом я тебе помогу, сделаю пару звонков, чтобы к проблеме Нины отнеслись с особым участием. Но это максимум, чем я могу быть полезен.

— Нет, Лев Иванович, вы не правы! У ваших компетентных людей глаз замыленный, душа очерствевшая, и вообще, нет таких способностей, как у вас, — горячился Жаворонков. — Я знаю, из каких на первый взгляд безнадежных ситуаций вы выходили победителем, поэтому верю, что помочь Нине можете только вы.

Фигура Жаворонкова, нависшая над столом, создавала ощущение, что из комнаты выкачали весь воздух. Гуров встал, дошел до окна, приоткрыл фрамугу и сделал глубокий вдох. Свежий воздух разлился по легким, освежил лицо.

— Сдаваться ты не намерен, — повернувшись лицом к Жаворонкову, произнес он, и слова эти прозвучали скорее как утверждение, а не вопрос.

— Не могу я сдаться, товарищ полковник. Не тот случай, — просто ответил Жаворонков.

— Ладно, черт с тобой. Веди свою Нину, поговорим.

— Спасибо, товарищ полковник! Огромное спасибо! Обещаю, вы не пожалеете! — Жаворонков так обрадовался, что забыл, как полковник не любит, когда перед ним лебезят. — Я для вас все что угодно... В любое время дня и ночи... По первому зову...

— Валера, не заставляй меня передумать, — пригрозил Гуров, и Жаворонков, захлопнув рот, выскочил из кабинета.

«Торопится, спешит, чтобы лишить меня возможности передумать, — с улыбкой подумал Лев. — Наивный человек! Как я могу отказать в такой ситуации? И кому? Ему? Эх, молодость, молодость! Ничего-то ты в этой жизни не смыслишь». Старым себя Гуров не ощущал, а по большому счету, таковым и не был, однако в последнее время он все чаще ловил себя на мысли, что жизнь утекает, и утекает настолько быстро, что он, полковник Гуров, уже не успевает ни насладиться ею, ни прочувствовать. От осознания этого наивность парней вроде Жаворонкова навевала на полковника грустные мысли, приводя на ум какие-то старческие нравоучения.

«Может, и хорошо, что Валера ко мне пришел. Дел сейчас особо важных в отделе нет, так почему не помочь коллеге? Да и самому развеяться не помешает, а то, если так и дальше пойдет, впору действительно в старики себя записывать». Додумать мысль он не успел, в кабинет протиснулась голова Жаворонкова.

— Товарищ полковник, мы пришли, — голосом, звенящим оптимизмом, объявил Валера.

— Ну, входите. — Лев отошел от окна, но в кресло садиться не стал, предпочел остаться стоять.

— Входи, Нинок. Ну, входи же, — донесся шепот из-за двери.

После минутных уговоров Нина все же вошла в кабинет. Довольно высокая, рыжеволосая женщина. Ухоженная, но не лощеная. Одета стильно, без излишней роскоши. Фигура в норме, может, чуть полновата в бедрах, хотя это на любителя. «Хороша, как сказал бы сейчас Стас, но на главную героиню не тянет, — сделал вывод Гуров. — Впрочем, в ее положении удивительно, как она вообще держится. Сколько дней она жениха ищет? Пару недель, так, кажется, сказал Жаворонков. Нелегко ей».

— Доброе утро, Лев Иванович, — первой поздоровалась Нина.

Гуров кивнул в ответ и предложил:

— Чаю хотите? С пряниками. — Ему хотелось показать, что встреча носит личный характер.

— Вот спасибо, как раз то, что нужно, — воодушевился Жаворонков. — Нинок, ты садись, я тут похозяйничаю. Ты какой чай предпочитаешь, черный или зеленый?

Почему Жаворонков решил, что должен взять на себя обязанности радушного хозяина, Лев не понял, но возражать не стал. Нина же и вовсе не обратила на это внимания. Она села напротив Гурова, уперлась взглядом в пустое полотно столешницы и замерла. Он обошел стол, опустился в кресло и мягко произнес:

— Волноваться не нужно. Нервничать тоже. Что случилось, то случилось. Наша с вами задача не сожалеть о случившемся, а попытаться найти способ, как все исправить. Вы со мной согласны, Нина?

— Согласна. — Голос прозвучал чуть слышно, глаза на Гурова Нина так и не подняла.

— Замечательно! Выходит, в одном вопросе мы с вами уже пришли к общему мнению, — подбодрил ее Лев. — Если так пойдет дальше, работать нам будет легко и комфортно. Для начала давайте немного познакомимся. Я вам расскажу о себе. Не о личной частной жизни, так как пришли вы ко мне с профессиональным вопросом, значит, и интересует вас моя профессиональная жизнь, верно?

— Верно.

— Вот и славно. Итак, я расскажу вам о своей профессиональной деятельности, вы сможете задать мне любые вопросы, которые возникнут по ходу рассказа. — По какой-то причине Льву показалось важным увести мысли женщины от личных переживаний, и сделать это он решил, описав несколько эпизодов, в той или иной степени схожих с ситуацией Нины. — Потом вы расскажете мне о себе, о своей жизни, работе и знакомых. Для начала, не затрагивая события, которые привели вас ко мне. В вашем случае меня интересует все: работа, знакомые, друзья, предпочтения в еде и прочая ерунда. Такой вариант вам подойдет?

— Как скажете, — послушно ответила Нина.

— Нет, так дело не пойдет, — недовольно покачал головой Гуров. — Бессловесная овечка мне не нужна. Давайте определяться: вы хотите найти своего жениха?

— Хочу.

— А я хочу попытаться вам в этом помочь. Следовательно, цели у нас одинаковые, так что соберитесь с мыслями, и за дело.

Минут тридцать они просто пили чай и болтали, казалось, ни о чем. Со стороны могло показаться, что трое друзей встретились после долгой разлуки и теперь наверстывают упущенное, стараясь рассказать о себе как можно больше. Жаворонков в беседе участия не принимал. Определив для себя роль радушного хозяина, он подливал чай в чашки, подкладывал пряники и найденные в тумбочке конфеты, стараясь при этом не упустить из беседы ни одного слова. Наконец Гуров отставил чашку в сторону и, решив, что обстановка благоприятствует, перешел к делу:

— Думаю, пришло время поделиться вашей проблемой. Валера озвучил ситуацию в общих чертах, так что пересказывать события нужды нет. После ссоры ваш жених уехал на автовокзал, чтобы отправиться на дачу. Вы последовали за ним, но остановить не успели. Он сел в незнакомую машину и уехал в неизвестном направлении. На даче он не появился, связь с вами не установил. Пока все верно? — Нина кивнула. — Хорошо. Теперь главный вопрос: почему вы решили, что Николай попал в беду?

Взгляд ее сразу стал сосредоточенным, она даже как-то подтянулась и уже открыла рот, чтобы ответить, но Гуров ее остановил:

— Не спешите, Нина. Вопрос этот очень важный. И ответ на него должен быть соответствующим. Заявления типа: не отвечает на звонки, не пишет, давно не появляется, по большому счету, ничего не проясняют. Бывает так, что человек ушел из твоей жизни, не пишет, не звонит, и это вовсе не означает, что для совершения данных действий он не имеет возможности. Уверен, ваша тревога складывается не из этих замечаний, она гораздо глубже. Вот об этом глубоком я и хочу от вас услышать. Вы понимаете, о чем идет речь?

— Думаю, да, — после непродолжительной паузы ответила Нина. — Хотите убедиться, что Паня меня не бросил. Конечно, я об этом размышляла, ни одна женщина, какого бы высокого мнения она о себе ни была, не может отмести подобный поворот событий. Мы с Паней вместе уже три года.

За это время было всякое. И ссорились, и спорили, и до серьезных конфликтов доходило, но чтобы разбежаться? Такая мысль не посещала ни меня, ни его. Я в этом уверена, как бы самонадеянно это ни звучало.

— Я вам верю, — проговорил Лев, и хоть это прозвучало убедительно, Нина посчитала нужным пояснить:

— Люди ведь по-разному ссорятся. Бывают ссоры глупые, бывают непримиримые, но по большей части все ссоры сводятся к одному: кто-то из пары хочет заявить о своем недовольстве, вот и все. Такие ссоры редко приводят к разрыву. Вот мы с Паней ссорились только так. И он, и я слишком долго наслаждались независимостью, отсюда и конфликты.

— Но в этот раз он все-таки ушел. — Гуров произнес эту фразу не для того, чтобы оспорить заявление Нины, но она восприняла ее именно так и сразу бросилась в атаку:

— Это ничего не меняет! Просто на этот раз я перешла грань, я это признаю. У Пани просто не было другого выхода, понимаете? Если бы я не вышвырнула в подъезд его сумку, он ни за что не оставил бы меня в таком состоянии. О моих эмоциональных взрывах он знает больше, чем я сама. И бороться с ними научился куда лучше меня. Да что я перед вами распинаюсь!

— Тише, Нинок, тише! — поспешил на выручку полковнику Жаворонков. — Не нужно так резко реагировать. Лев Иванович не имел в виду ничего плохого. Простая констатация факта. Ты лучше успокойся и подумай над его вопросом.

— Почему я решила, что Паня попал в беду? — Нина слегка сбавила тон и продолжила: — Ответить на этот вопрос сложно. Я бы сказала: я так чувствую, но ведь это не ответ, верно?

— Верно, — кивнул Гуров.

Нина откинулась на спинку кресла и задумалась. Сидела молча минут пять, сосредоточенно глядя в одну точку и пытаясь вычленить главное из своих ощущений.

— Николай очень обязательный человек, — начала наконец она. — То, что он не вышел на работу, говорит само за себя. Пожалуй, это главное, что заставляет меня думать о плохом. Я звонила его начальнику, он тоже в замешательстве. Да, он все текущие дела перед отпуском завершил, но не предупредить о том, что не выйдет на работу в срок? Это не в его стиле.

— А он не предупредил, — догадался Лев.

— Нет, конечно. Не позвонил, не написал и вообще никаким доступным способом не уведомил руководителя о задержке. И еще... пусть мы поссорились, но ведь поставить точку все равно необходимо. После трех лет совместного проживания без этого никак не обойтись. Это тоже не в правилах Николая.

— Ребята из местного отдела, которые завели розыскное производство, сделали соответствующий запрос в банк. С момента исчезновения Николай ни разу не воспользовался банковской картой. Счет мобильного оператора в означенный срок он не пополнил, железнодорожных и авиабилетов не покупал, — вступил в разговор Жаворонков.

— Да погоди ты, Валера! — оборвала его Нина и снова обратилась к Гурову. — Есть еще одно. Я изучила статистику. Ежегодно в одной только Москве пропадает порядка четырех с половиной тысяч человек. В той же статистике сказано, что чаще всего люди теряются из-за несчастных случаев, произошедших с ними в дороге. В дороге! А знаете, какой процент из числа пропавших становится жертвами преступлений? Порядка двадцати процентов, и это официальные данные МВД. А теперь сложите все нюансы, и вы получите то, чего хотите от меня добиться.

— Неизвестная машина, телефон вне зоны, отсутствие действий с банковскими картами, невыход на работу, — перечислил вслух Гуров. — Плюс психологический портрет и нормы поведения. Я вас понял, Нина. Вопрос с повестки дня снимается. Переходим к деталям. Их, к сожалению, немного, но они могут оказаться крайне важными. Вам придется вспомнить все в мельчайших подробностях. Не паникуйте, с помощью наводящих вопросов вспомнить детали будет несложно. Начнем с описания самой машины.

Кабинет Гурова опустел только к трем часам. Нина оказалась на редкость наблюдательным свидетелем. Поначалу дело двигалось медленно, она постоянно терялась от каждого нового вопроса, заданного Гуровым, но в итоге им удалось найти оптимальный способ общения, и работа стала продвигаться намного быстрее. За два часа полковник собрал достаточно информации, чтобы начать действовать.

Марку автомобиля Нина не определила, сославшись на то, что плохо разбирается в данном вопросе. Иномарка, старенькая, цвет серебристо-серый. Совсем непримечательная. Четыре колеса, четыре двери, все, как положено. Гуров долго гонял Нину по внешнему виду авто и сумел-таки выудить из ее памяти две детали, которые могли помочь в поисках машины. Автомобиль стоял к Нине левым боком. Он поблескивал в лучах заходящего солнца тусклым серебром, отчего на заднем крыле выделялся заметный скол, где-то ближе к дверце. Скол небольшой, но в этом ракурсе невольно царапал глаз.

Еще одна деталь, запомнившаяся Нине, — это передний бампер. Вернее, не сам бампер, а его окраска. С задним бампером было все в порядке, диссонанса он не вызывал. Все то же серебро с черным молдингом по всей длине и четко посередине. А вот передний, та часть, которая была видна, от заднего явно отличался. Здесь черной полосы, разделяющей серебро, Нина не увидела. Верхняя часть, как и вся машина, сверкала серебром, а вот нижняя была выкрашена в какой-то темный цвет. Может, черный, может, темно-коричневый, а может, и в синий. Точнее описать Нина не смогла, но Гурову было достаточно и этого. На первое время.

С места тронулась машина плавно, но скорость набрала быстро и из поля зрения ушла почти мгновенно. Этому способствовало и место ее парковки — в стороне от посадочных платформ, за границами автовокзальной парковочной площадки. Потому, наверное, Нина и не сразу увидела приметную фигуру Николая. Если бы не его дурацкий прикид, яркостью цветов бросающий вызов фирменному знаку компании телекоммуникационных услуг «Билайн», скорее всего, и вообще не увидела бы. Зачем он купил эту толстовку, Нина не понимала. Она не одобряла его стиль одежды «а-ля спецовка». Разгуливать по городу в форме менеджера по продажам мобильной связи? Чего ради? Николай же находил в этом особый шик.

В тот момент рядом с серебристым седаном парковалось порядка шести автомобилей. Всех Нина не вспомнила, но пару приметных назвала. Справа от седана припарковался микроавтобус ярко-желтого цвета. На крыше вывеска с надписью «Грузоперевозки» и телефон. Нине удалось вспомнить последние четыре цифры. Ноль восемь, ноль восемь. Гуров надеялся с их помощью отыскать владельца микроавтобуса.

За микроавтобусом, чуть в стороне, стоял солидный джип. Черного цвета, с тонированными стеклами. За рулем кто-то сидел, но его примет Нина не запомнила. Слабая зацепка, но все же... Также Нине удалось вспомнить, что у киоска, торгующего мороженым, собралась приличная очередь, и продавщица то и дело высовывалась из окошка, будто высматривая кого-то. Эта деталь могла оказаться полезной.

Начать Гуров собирался с посещения автовокзала. Посмотреть на место воочию никогда не лишнее. До конца рабочего дня оставалось еще несколько часов, которые он планировал потратить на бумажную работу. Честно и добросовестно. Но жизнь, как известно, всегда вносит свои коррективы в самый неподходящий момент. Только Лев разложил на столе бланк отчета, как в кабинет, шумно и неожиданно, ввалился его друг и напарник Стас Крячко.

— Здорово, бездельник! — пророкотал он, подгребая к столу и сметая по пути стулья в кучу. — Сидишь тут, штаны протираешь, а в мире черт знает что творится.

— И тебе не хворать, — расплылся в улыбке Гуров. — Насовсем к нам или так, на огонек заскочил?

В начале прошлой недели полковника Крячко отправили в соседнюю Тверскую область, где на базе филиала Московского университета МВД проходила международная научно-практическая конференция. Тема конференции звучала довольно пафосно: «Формирование профессионально значимых качеств сотрудников полиции», или что-то в этом роде. Стас Крячко имел неосторожность схохмить на эту тему на совещании у генерала, за что и получил «почетное» назначение в число избранных как специалист в обсуждаемой области. На самом деле он и ему подобные кандидаты должны были обеспечивать массовость мероприятию.

Три дня он обивал порог кабинета генерала Орлова в надежде умаслить начальство и избежать почетной миссии, но Орлов оставался непреклонен. В конце концов Крячко пришлось подчиниться и отбыть в Тверь для прослушивания лекций китайских, белорусских и других зарубежных коллег, изнывая от скуки и тоскуя по родным стенам Петровки. Впрочем, в настоящий момент ни печальным, ни расстроенным Крячко не выглядел. Напротив, лицо его лучилось счастьем и довольством. Заметив это, Гуров решил, что Орлов отменил наказание и вернул Стаса в отдел, но ошибся.

— Бытует мнение, — издалека начал Крячко, — что представители китайской нации, здороваясь друг с другом при встрече, произносят некую фразу, которая переводится как «Вы поели?». Да, да, именно так. Не банальное «Здравствуйте», а насущный вопрос — не голоден ли собеседник. Было бы неплохо, если бы представители русской нации, или хотя бы отдельные ее особи, взяли данный вид приветствия на вооружение.

— Так ты поесть сюда пришел, — разочарованно протянул Лев. — И когда только ты усмиришь свое ненасытное брюхо?

— Вот вам и здрасьте! И это после недели разлуки? Вместо булки с котлетой — осуждение? Ладно, не парься, зная тебя, я позаботился обо всем сам.

Стас взгромоздился на подоконник и потряс цветным пакетом, который Гуров поначалу не заметил. Красочный логотип возвещал о достоинствах кухни заведения под названием «Дядя Джо». Насколько он помнил, точки общепита с таким названием поблизости от управления не было, значит, Крячко озаботился угощением заранее.

— Из Твери котлеты вез? — шутливо спросил Лев.

— Угадал, дружище, из самой Твери. Знал бы ты, как скучно и тоскливо они живут, Лева! С восьми утра лекции, выступления, доклады и прения. Бла-бла-бла, бла-бла-бла... Достоинства и недостатки современной системы обучения, внутренний потенциал, перспективы развития... и так до двух часов. Потом часовой перерыв на обед, и все по новой. Бла-бла-бла, бла-бла-бла...

Вот это чудо — единственное, что примиряет меня с тягомотиной, которую приходится слушать двенадцать часов кряду, — снова потряс пакетом Стас. — А сегодня я решил: хватит с меня дисциплины, пора начинать разлагаться. Ушел на обед, благо перерыв в этот раз ровно в полдень устроили, забежал к «Дяде Джо» и сюда. Не с пустыми ж руками к лучшему другу идти. Так что доставай стаканы, будем чаевничать. Я тебя такими булками угощу, ум отъешь!

— Генерал за твои проделки тебя тоже попотчует, если в управлении застанет, — засмеялся Гуров, но стаканы достал. И даже чайник включить не поленился.

— Ерунда, у меня практическое задание, — отмахнулся Крячко. — Внедряем в ряды российских полицейских новую систему китайских коллег.

— Это о состоянии желудка справляться, что ли?

— Почему нет? Хорошая ведь идея.

«Отчет никуда не денется, обеденный перерыв — тоже дело нужное, — подумал Гуров. — Перекусим, потом за отчет примусь». Но и этот план воплотить в жизнь не удалось. Не успели друзья-приятели распаковать дары «Дяди Джо», как аппарат внутренней связи издал призывный звук, и мелодичный голос Верочки, секретарши генерала Орлова, сообщил, что генерал в срочном порядке вызывает к себе полковника Гурова. По какому вопросу, спрашивать было бесполезно. Верочка такой информацией редко владела, а если и владела, то делиться ею ни с кем не собиралась.

— Думаешь, по мою душу? — Крячко постарался, чтобы голос звучал небрежно. — Дежурный напел? Сегодня Селиванов на посту, вроде не должен.

— Открою тебе маленький секрет, мой эгоцентричный друг, — пряча улыбку, проговорил Лев. — Мир не крутится вокруг твоей персоны, так что не дрейфь. Лопай булки, отдыхай. Вернусь, расскажу, зачем я Орлову понадобился.

В приемной Гуров коротко кивнул Верочке, та мило улыбнулась и, потянувшись к селектору, вдавила кнопку громкой связи.

— Петр Николаевич, полковник Гуров прибыл, — заученно выдала она, глазами указала полковнику на дверь и вернулась к прерванному занятию.

«Ясно. Делиться информацией не хочет, — сделал вывод Гуров. — Что ж, расстраиваться не станем. Если уж залет, то от выволочки не уберечься». Он прошел к двери кабинета, толкнул ее вперед и шагнул внутрь. Цепкий взгляд охватил кабинет целиком. Генерал сидел на привычном месте. Чуть в стороне расположился мужчина представительного вида. В строгом костюме, в белоснежной сорочке и в галстуке бирюзового оттенка. Стрижка стильная, по последней моде. Руки холеные, туфли блестят, точно надраенная палуба. На коленях солидный кейс черной кожи — явно не дешевка.

«Начинается, — мысленно простонал Лев. — Снова высокие просители. Вернее, требователи. Люди, подобные этому пижону, никогда не просят, только требуют. А как хорошо все начиналось». Хмурое выражение лица генерала только укрепило полковника в предположении, что незнакомый господин в строгом костюме пришел сюда не чаю попить. Его прислали сверху, и в устной, а может, и в письменной форме порекомендовали к проблемам означенного господина отнестись с «особым вниманием». Сколько их было за время службы Гурова в уголовном розыске? Десятки? Сотни?

Дела такие он терпеть не мог. В большинстве случаев подобные типы только тормозили расследование, хотя и заявляли, что никоим образом влиять на следствие не собираются. Да и проблемы их, как правило, оказывались больше надуманными. Хотя... Бывали случаи, когда благодаря таким вот типам, их влиятельности и настойчивости раскрывались довольно громкие преступления. «Ладно, чего гадать. Поживем — увидим».

— Товарищ генерал-лейтенант, полковник Гуров по вашему приказанию явился, — строго по форме доложил о своем прибытии Лев.

— Здравия желаю, полковник. — Ответ Орлова прозвучал полуофициально, будто он для себя еще не решил, в какой манере вести разговор. — Присаживайтесь. Тут для вас дело наклевывается.

— С вашего позволения я постою, — из чистого упрямства заявил Гуров и остался стоять возле открытой двери.

Генерал встал из-за стола, прошелся по кабинету, выглянул в приемную.

— Верочка, меня ни для кого нет, — бросил он секретарше и закрыл дверь.

Возвращаться за стол Орлов не спешил. Развернулся, прошел два шага и остановился точно напротив полковника. Пару минут стоял, молча изучая носы собственных ботинок, затем перевел взгляд на Гурова. Глаза их встретились. «Вот такие дела, Лева. Снова кого-то хорошо подмазали», — говорил взгляд генерала. «Значит, будем соответствовать. Нам не привыкать», — отвечал взгляд полковника. Обменявшись беззвучными репликами, они разошлись в стороны. Орлов вернулся на свое место, а Гуров отошел на два шага в сторону, чтобы видеть лицо гостя.

Все это время тот сидел молча, вытянув спину в струну и поджав локти к бокам. Костяшки пальцев впились в кожу кейса. Поза буквально кричала о напряжении гостя. На лице его, напротив, отражалась вселенская безмятежность. Он наблюдал за передвижениями генерала, ожидая, когда на него обратят внимание, что было, честно сказать, нетипично для представителей его класса. Обычно терпением они не отличались и, как только внимание хоть на минуту переходило от них к другому объекту, тут же спешили вернуть его к себе любым способом.

— Лев Иванович Гуров, старший оперуполномоченный угрозыска. — Орлов решил-таки представить полковника гостю. — Он — тот, кто вам нужен.

— Я догадался. — Голос у гостя оказался довольно приятный. Низкий, чуть хрипловатый, совершенно мужской.

— Хотите сами посвятить его в детали дела?

— Доверюсь вашему профессионализму, — нервно поправил кейс на коленях мужчина. — Уверен, из ваших уст просьба прозвучит намного убедительнее.

— Как скажете, — пожал плечами Орлов и обратился к Гурову: — Присаживайся, Лева. Разговор не на пару минут. У господина Доронина серьезные проблемы.

Больше Гуров сопротивляться не стал. Выдвинул стул у дальнего края стола, сел и приготовился слушать. Проблема Доронина оказалась и правда серьезной. Смерть вообще несерьезной не бывает, а уж если речь идет о предполагаемом убийстве, тут и вовсе не до шуток. Зашел Орлов издалека, и даже не издалека, а с самой предыстории. Господин Доронин являлся представителем славной профессии банковских работников, а точнее, служил исполнительным директором довольно известного в Москве банка.

Это в рабочее время, а в свободное от работы время Доронин имел хобби. Он был заядлым рыбаком, таким, про которых снимают передачи, пишут тематические статьи и заносят в книгу рекордов. К своему хобби Доронин относился серьезно, к оснастке и всяким хитрым примочкам, которыми пользовались заядлые рыбаки, имел особую слабость. При таком раскладе у него просто не могло не быть излюбленного рыболовного магазина, а в нем доверенного лица в виде продавца. И вот с этим продавцом, к которому Доронин имел особую симпатию, случилась беда.

Ситуация типичная: четыре дня назад Струбалин Олег Михайлович, сорока двух лет от роду, отправился на дачу. Так как он и сам питал страсть к рыбалке, разумеется, и дачу себе выбирал возле водоема. Огородов на участке не устраивал, используя дом и землю исключительно для отдыха. В этот же день он обещал Доронину отзвониться и сообщить, как идет клев. Директор банка собирался присоединиться к продавцу на следующий день, так как у него неожиданно наметился внеплановый выходной.

Но Струбалин не позвонил, а у Доронина изменились планы, так что об исчезновении продавца он узнал только сегодня. Сообразив, что забыл предупредить Струбалина об изменениях в планах, Доронин попытался исправить положение задним числом. Он набрал номер Струбалина, но аппарат оказался вне зоны. Доронин решил, что до обеденного перерыва извинения подождут, и занялся текущими делами. К часу дня освободился и сразу поехал в магазин к Струбалину. Но на месте того не оказалось. Сменщик сообщил, что он просто не вышел на работу, и все. Не позвонил, не написал, а звонки самого сменщика наталкивались все на ту же фразу «вне зоны действия сети».

Доронин понял, что с продавцом случилась беда, и начал действовать. Какие кнопки ему пришлось нажать, на какие рычаги надавить, генерал Орлов не знал, но эффект от этого давления ощутил на себе уже через два часа после действий Доронина. И теперь, сидя между двумя маститыми представителями правоохранительных органов, тот всей кожей ощущал их недовольство, и все же отступать не собирался.

Почему для него оказалось так важно принять участие в судьбе простого продавца магазина рыболовных товаров, он и сам не знал. Сентиментальность? Сила привычки? Пожалуй, нет. Чувство вины за то, что, возможно, его загруженность стала причиной столь плачевного конца для Струбалина? Тоже нет. Спасти его он не смог бы, даже если бы забил тревогу в тот же день, когда над Струбалиным нависла угроза. Как сказал патологоанатом в морге, смерть наступила в промежутке с часу до трех дня, а звонка от Струбалина Доронин ждал не раньше восьми вечера.

Несмотря на разницу в возрасте и положении, он, видимо, считал Струбалина своим другом. Пока Струбалин был жив, Доронин не задумывался над тем, каков статус их отношений. Но когда сменщик с таким равнодушием заявил, что понятия не имеет, почему человек, с которым он проработал бок о бок несколько лет, не явился на рабочее место, его аж передернуло. Откуда такое равнодушие? И он понял, что сам так поступить не сможет.

— Тело Олега Струбалина нашли местные жители недалеко от населенного пункта под названием Лотошино. Оно лежало в придорожной канаве неподалеку от федеральной трассы... — Рассказ Орлова подошел к завершающей стадии. — Господин Доронин ездил в морг, где опознал тело. Видимые следы насильственной смерти отсутствуют. Физическая причина смерти — отек легких в результате аллергической реакции. Тем не менее исключать насильственный характер смерти пока рано, слишком много нюансов. Вот с этими нюансами вам и предстоит разобраться, полковник. Задача ясна?

— Так точно. Когда приступать? — Гуров понимал, что официоз приказа адресован гостю, поэтому и ответил соответственно.

— Лучше бы вчера, Лева, — вдруг перешел на дружеское обращение Орлов. — Преступление стареет с каждым часом. Тебе там и осматривать уже нечего, четыре дня прошло.

— Я понял, товарищ генерал. Разрешите идти?

— Господин Доронин, у вас остались еще вопросы? — сухо поинтересовался Орлов.

— Если можно, я бы хотел, чтобы меня держали в курсе, — попросил Доронин. — Я оставлю номер телефона.

— Я сам буду докладывать вам о ходе расследования. — Голос Орлова прозвучал еще суше. — Не смею вас задерживать.

Гуров первым вышел из кабинета. Доронин догнал его на лестнице, тронул за рукав, вынуждая остановиться.

— Что-то забыли? — спросил Лев.

— Не хочу, чтобы вы уходили вот так, — выпалил Доронин.

— Что значит «так»? — нахмурился Лев. На сегодняшний день истерик с него достаточно. Сначала Валерка, затем Нина, теперь еще Доронин? Но истерить банкир не собирался. Он оттеснил Гурова к стене, чтобы тот гарантированно выслушал его, и начал быстро-быстро говорить, будто боялся не успеть высказаться.

— Струбалин ведь мне никто, просто знакомый продавец. Ну, пару раз рыбачили вместе. Да и то вместе лишь условно. Он находил хорошее место и делился со мной находкой. А на дачу к нему я впервые собрался. Так и не попал. — Слова вылетали со скоростью, которой позавидовал бы игральный аппарат. — Но ведь он человек! Живой человек! Был живой. А его в канаву, как кутька безродного. И в морге... Вы видели, как хранят неопознанные трупы? Как килек в банку запихнут по пять пар в одну камеру, и это еще в лучшем случае. Кто заслуживает такого обращения? А тот, второй продавец? Какое равнодушие! Его напарник три дня как мертв, а он на него проклятия шлет за то, что на работу не вышел. Проклятия! Как будто смерти мало...

— Я вас услышал, — мягко проговорил Гуров, как только в монологе образовалась пауза.

— Нет, не услышали, — покачал головой Доронин и заговорил еще торопливее: — Я не права качать сюда пришел. Просто в нашей стране так принято: приказ сверху всегда быстрее выполняется. А я хочу, чтобы смерть Олега была отмщена. Нет, не отмщена, это слишком громко. Мне важно, чтобы к поиску сго убийцы отнеслись серьезно, понимаете? Чтобы не отмахнулись от «висяка», чтобы довели расследование до конца. У Олега ведь никого. Ни семьи, ни родителей. Выходит, у него один я и остался. Значит, и ответственность на мне. А ответственность — это вам не воздушный шарик, иголкой не проколешь.

— Я вас услышал, — повторил Гуров. — И могу обещать, что к поиску убийцы вашего друга отнесутся с максимальной долей ответственности.

— Спасибо! — В голосе Доронина прозвучало облегчение. Реальное, физическое облегчение. — Спасибо, товарищ полковник!

Не прощаясь, он быстрым шагом сбежал по лестнице и скрылся за углом. Гуров с минуту стоял в пролете лестничного марша, размышляя над превратностями судьбы. Как порой жизнь закручивает сюжет: чужой человек оказывается ближе кровного родственника, а смерть обостряет чувство долга и сострадания. Стряхнув оцепенение, он спустился на пролет вниз и зашагал к своему кабинету.

ГЛАВА 3

Темный душный, с ярко выраженным земляным запахом подвал освещался лишь тусклым светом карманного фонаря. Он висел на стене в метре от пола. Крючком служил старый ржавый гвоздь-сотка. Шляпка чуть изогнута вверх, рельефные полоски почти стерлись от времени. В таком положении фонарь мог осветить лишь часть комнаты, но кого это волнует? Кого вообще могут волновать такие пошлые мелочи, как освещение? Подобные проблемы — просто пыль.

Вот «косяк» с последним клиентом — это серьезно. Очень серьезно. Сколько прошло времени? Много или мало? Знать бы, сколько для них мало, а сколько много. Но ответа нет. И решения проблемы нет. С освещением проще. Захотел — пустил провод поверх стены, ввернул лампу на сто пятьдесят ватт, и ты весь в свету. Хотя нет, этот вариант уже не прокатит. Лампы в сто ватт под запретом у государства, их попросту запретили выпускать, что уж говорить о 150-ваттной?

— О чем ты думаешь? Хрень с лампочками обмозговываешь? — Звук голоса, хриплого от долгого молчания, отразился от земляной стены и бумерангом влетел в уши, которые тоже успели отвыкнуть от внешних раздражителей. Голос напугал до мурашек.

«Что это? Сходишь с ума? Возможно». Дальше диалог с самим собой пошел в беззвучном режиме. «Хорошо бы сойти с ума. Безмозглому все фиолетово. Проблемы его не волнуют, заботы не тяготят. И клиентов искать не нужно, и разгребать последствия не придется». Рука потянулась к странного вида предмету. Лезвие, широкое, почти десять сантиметров у основания, к концу сужалось до пяти миллиметров. Квадратная ручка-короб, совершенно неудобная, кургузая и облезлая. Орудие? Оружие?

Пальцы едва сошлись, такой широкий охват. Лезвие медленно поползло по земляному полу, оставляя за собой тонкий след. Глаза неотрывно следили за полосой. Первая чуть кривовата, вторая ровнее, третья... идеальная. Остальные можно не смотреть. Сила в руке наливается пропорционально количеству проведенных полос. «Ты должен сделать выбор. Ты должен сделать выбор. Ты должен сделать. Черт, да заткнешься ты наконец?» Вопрос, адресованный самому себе, остался без ответа. Взрыв эмоций отозвался дикой болью в области висков и где-то в животе.

Надо успокоиться, иначе — конец. Одно дело — лишиться ума, и совсем другое — жизни. Жить хотят все — это он точно знает. Он тоже хочет жить. Как? Другой вопрос. Но хочет однозначно. А для этого нужно успокоиться. Забыть о выборе, сосредоточиться на полосах. Они реальные, они физические, их можно потрогать, можно стереть, нанести еще раз. Рука снова пошла вперед. На этот раз по земляному полу поползла странной формы рукоятка. Следы от нее напоминали траншеи. Где он видел такие траншеи? Голова болит, не дает вспомнить. А вспомнить так хочется. Эти воспоминания из разряда приятных. Откуда-то из детства.

Детство... Когда оно было? Вчера? Полвека назад? Может, прошла вечность? Скорее всего. Детство — это кайф, вечный кайф. Веки сами собой опустились, и перед мысленным взором поползли картины. Сперва отрывочные, точно кадры с допотопной кинопленки. Постепенно кадры начали сливаться воедино, выстраиваясь в красочный, будоражащий тело и душу фильм. По коже поползли мурашки, на лбу и над верхней губой проступила испарина, конечности обмякли, выпуская странного вида предмет.

Первый эпизод, как всегда, завораживал. Босоногий мальчик лет трех мчится по пыльной дороге, утопая в теплой, ласковой пыли по щиколотку. Ощущение от прикосновения мягкой субстанции так приятно! Где-то на середине пути «дыхалка» сбивается, он замирает на месте. Но ненадолго, крепкие ножки не желают бездействовать. Ступни начинают зачерпывать теплую пыль и подбрасывать ее вверх. Она поднимается облаком вокруг полуголого тела, создавая ощущение чего-то волшебного. Скоро пыль осядет на голеньком животе, на пухлых плечах, белых трусиках и задорно вздернутом носике. Кайф? Кайф!

Второй эпизод плавно сменяет первый. На небо наползают тучи, живот, покрытый пылью, принимает на себя первую каплю. Затем, почти сразу (или это только так кажется?), капли разрастаются в объеме и льют теперь сплошным потоком. По плечам к животу идут кривые полосы. Как траншеи… Рот расплывается в широкой улыбке, ноги сами собой пускаются в пляс. Затем и этого становится мало. Он припускает что есть мочи по мокрой дороге. А лужи уже собираются под ногами, не лужи, а целые озера. Как по мановению волшебной палочки. Только что была сушь, а через минуту дорожные колеи и выбоины до краев наполнились водой. Бежать по ним так волшебно! Брызги разлетаются во все стороны. Если суметь топнуть посильнее, фонтаны взлетают выше головы, оседают на нестриженую голову. Кайф? Кайф!

Дальше вереница эпизодов бежит без остановки. Большая корзина под раскидистой яблоней. В ней гора яблок. Спелых, бело-желтых, с шикарным красным бочком и непременными отверстиями, окаймленными буро-коричневым. Ходы червяков, успевших полакомиться дарами лета до тебя. Старая раскладушка в тени абрикосового дерева. Перекладина для подголовника слегка изогнута (результат очередной ссоры взрослых, не умеющих наслаждаться жизнью), отчего при лежании голова запрокидывается назад. Ну и пусть! Лежать на брезентовой ткани слишком хорошо, чтобы обращать внимание на такие мелочи.

Трехколесный велик, весь проржавевший от неправильного хранения, но все еще выполняющий свою основную функцию. Левая педаль постоянно слетает, заставляя седока соскакивать на землю и неумелыми руками прилаживать «непослушницу» на место. А ноги крутят, а колеса бегут, и клаксон гудит так громко! И снова широкая улыбка растягивает губы над теперь уже беззубым ртом. Мышка в этом году поживилась, что есть, то есть. Сразу восемь зубов ей отнес. Расставаться с зубами оказалось слегка грустно. Привык к ним, что ли? Наверное, привык. Без зубов неудобно, но весело. Особенно плеваться.

Дальше идет резкий скачок. На кадрах, существующих лишь в голове, карапуз превращается в худого, изможденного подростка. Не подростка, а как называют этот возраст? Отрочество? Может, и нет, но слово ему нравится. И думать о себе как об отроке прикольно. Детство немного потускнело, теперь кайф приходит вроде как урывками. Но все еще приходит.

Тарзанка над обрывом. Качаться на ней восхитительно и страшно одновременно. Это доставляет особое удовольствие. До колик в животе, до боли в паху. Прыжок в темную глубину — отдельная песня. Адреналин зашкаливает, как только руки отрываются от круглой, отполированной сотней таких же потных ладоней перекладины. Пока летишь вниз, в голове ни одной мысли. И это тоже замечательно. Как будто в космосе.

Арбузы на бахче. Круглые полосатые бока солнце нагрело так, что пальцы жжет. Катишь его к придорожной канаве, а сам ждешь: вот сейчас выскочит сторож, и мягкое место взорвется жуткой, но сладкой болью. Тут главное — не останавливаться. Уж если получил заряд соли в зад, так хоть арбузом заешь. Маскировочный головной убор, сделанный из арбузной корки, съезжает на глаза, сок от оставшейся мякоти рисует борозды на щеках. Черные от пыли, как траншеи…

Рыбалка на самодельную удочку. Первый карп, выловленный собственноручно. Руки изранены колючими плавниками, а на губах — улыбка. Ладони окрашены красным. Это кровь. Таков уж карп, без боя не сдается. Капли собираются в продолговатые полосы, рука сама тянется ко рту. Язык слизывает первую каплю. Она соленая и какая-то терпкая на вкус. И снова по телу мурашки, и снова спазм в животе. И это кайф! Неизмеримый кайф, до судорог в ногах, до рези в паху.

Острая боль вырывает из облака воспоминаний. Реальная, не воображаемая. Веки открываются. Черт! Снова это. Почему, ну почему все хорошее всегда заканчивается так плохо?! Теперь уже наяву он подносит ладонь к лицу. В тусклом свете карманного фонаря на ладонях видны тонкие кровавые полосы. Капли начинают капать на земляной пол, он машинально слизывает их, морщится, сплевывает. Волшебство закончилось, пришла реальность.

Он поднимается во весь рост, шагает к ступеням. Фонарь остается на гвозде. Зачем он ему? Это здесь тьма и сырость, а он идет туда, где солнце и позитив. Спустя три минуты он стоит возле белоснежной раковины. Красные капли с глухим звуком падают на эмалированную поверхность и превращаются в бесформенные кляксы. Он меланхолично открывает кран, смывает кровь сперва с ладоней, затем и с эмали. Сверху щедро поливает перекисью. С некоторых пор пол-литровая бутыль всегда стоит на полке возле мыла. Вместо мыла. Бесцветная жидкость пенится на ранах, затягивая травмированные участки. Двумя пальцами завинтить крышку, промокнуть ладони одноразовым полотенцем, и на этом все. До следующего сеанса.

Лотошинский участковый инспектор сидел на поваленном дереве и лениво жевал травинку. А что еще оставалось делать? Место происшествия он сигнальной лентой огородил еще в первый день, как только прибыл туда. Никанорыч, гордо именуемый местными властями «бригадой экспертов-криминалистов», управился за час и, загрузив вместе с санитаром морга тело в будку «труповозки», уехал. Да и сам он надолго не задержался. И вдруг, спустя три дня, высокое начальство обязало его охранять закрытый объект от несанкционированного вторжения. Так и сказали: ваша задача — воспрепятствовать несанкционированному вторжению. Как будто инопланетян ждут!

А что тут охранять? Три былинки, две тростинки и один булыжник? Все, что было можно, ретивые школьники, как только обнаружили труп, затоптали и на камеры наснимали. А потом еще всей деревне раззвонили, что у Хамова пруда мертвяк лежит. Толпа любопытных ломанула к пруду, и только потом весть дошла до полицейского отдела. Никанорыч так и сказал: похерили все улики, безмозглые ротозеи. Ну, или что-то близкое к этому, если исключить из пространной речи бранные слова.

Ругаться Никанорыч умеет. Можно сказать, виртуоз ненормативной лексики. Из соседних деревень молодые парни как на научно-практическую конференцию в Лотошино ездят. Перенимают опыт, так сказать. Да только для такого дела особый талант требуется. Не у каждого получится. У Никанорыча получается. Он, старший лейтенант полиции Сергей Щипачев, тоже учился, но потом бросил, не потянул.

Сегодня, услышав про новый приказ, Никанорыч эмоции не сдерживал. Проматерившись, выразил сочувствие и пошел по своим делам. Сочувствие Никанорыча оказалось к месту. Похоже, ему здесь куковать и куковать. Когда еще гонцы из Москвы прибудут? Может, и не сегодня даже. И ладно бы еще в первый день, когда труп нашли, а то два дня ни о какой охране не думали, а как узнали, что москвичи едут, так опомнились. Рисовщики хреновы!

Но сидеть придется, иначе начальник отдела его с потрохами сожрет. Хорошо, хоть пацаны прискакали, хотели видео с места преступления отснять, чтобы было что в Ютюб выкладывать. Видео снимать он запретил, но воды и харч из деревни ему все равно приволокли, сам как-то не озаботился. Для деревни такая забота дело привычное. Все знают: Земля круглая, когда-нибудь и он пригодится.

Мужика жалко, не старик еще, жить бы да жить. Интересно, что его погнало в их края? Работы в Лотошине своим не хватает, баб симпатичных по пальцам пересчитать, картины писать и ближе к Москве места красивые найти можно. Непонятно. Хотя, возможно, он и не к ним вовсе ехал. Это хорошо, что родственники чухнулись вовремя, а то бы в неопознанных мужик остался. Невостребованным трупом быть плохо. Валяешься, как кусок мяса некондиционного, и выкинуть жалко, и продать некому.

Сам он от такой участи застрахован. С его многочисленной родней в невостребованных надолго не задержишься. Пятый ребенок в семье, у отца три брата, у матери четверо. Да у каждого детей от трех до пяти, а у этих детей мужья-жены и свои дети. Кровной родни под сотню набегает, а ведь есть еще друзья, приятели, знакомые и сослуживцы. Хотя на сослуживцев, как оказалось, надежда слабая. Вот мужика этого напарник и не думал искать. Так дядька представительный, что в морг на опознание приезжал, сказал. Нет, говорит, человека на работе, а они и в ус не дуют. Хреново!

Хотя его-то коллеги в теме, может, и забили бы тревогу, а по своим каналам проще пробить. Вот, к примеру, года два назад у них в Лотошине комбайнер пропал, так его на следующий день в розыск объявили. Правда, там самая страда для комбайнеров была, может, этот фактор решающую роль сыграл. Но думать приятнее, что люди в Лотошине заботливые и до чужой беды отзывчивые. А комбайнер нашелся. За сто километров от Лотошина, но нашелся. Спьяну на попутке вместо Лотошина в Клушино укатил. Видать, выговорить название толком не смог, вот его и увезли.

Тогда все смехом обошлось, а ведь могло случиться, как с этим мужиком. Деньгами бы соблазнились или просто на отморозков нарвался бы. Прибили бы по дороге и в канаву выкинули. Такое сплошь и рядом случается. Этот мужик вон тоже из простых, сразу видно. Одежонка дешевенькая, стрижка «бобрик», только ногти на руках чистые и ботинки добротные, кожаные, на высоком протекторе и не из дешевых. В прошлом году он себе хотел такие купить, чтобы на охоту с деверем гонять, но по зарплате не потянул. Накосячил, премии лишился, а матери постыдился признаться. Пришлось часть зарплаты как премию ей отдать. У них с матерью три года как уговор действует. С получки он ей на хозяйство половину отстегивает, и каждая премия — ее. На автомобиль копит. Мечтает, чтобы он по деревне не ногами ходил, а на колесах разъезжал. Ему по барабану, хоть пешком, хоть ползком, а ей приятно.

Ход мысли прервал шум приближающегося автомобиля. Щипачев вскочил с бревна, одернул форменные брюки и начал вглядываться в даль. Проскочит, значит, на Ивановское пошла, а ему снова жди. Но машина не проскочила, притормозила точно напротив заградительной ленты. Водитель вышел и сразу к ленте направился. «Вот, блин, кричать, что ли, придется, — озабоченно подумал Щипачев. — Сейчас под ленту полезет». Приезжий под ленту не полез. Увидел бегущего лейтенанта, остановился.

— Здравия желаю! — на ходу выкрикнул Щипачев, а подбежав ближе, уточнил: — Вас из Москвы прислали?

— Заждался? — протянул руку приезжий. — Полковник Гуров, Московский уголовный.

— Старший лейтенант полиции Щипачев, — в свою очередь, представился лейтенант. Полковник ему сразу понравился. Деловитый, сосредоточенный, столичная «шишка», а гляди, с лейтенантиком ручкается, заботу проявляет. — Да не особо. Погода хорошая, отчего не подождать.

— Твоя хорошая погода завтра о себе напомнит, — улыбнулся полковник. — Рекомендую мазь против ожогов в аптеке прикупить.

— Лоб обгорел? — догадался Щипачев. — Вот ведь, засада, всегда про него забываю!

— Часто обгорает?

— До пяти раз за сезон. Кожа чувствительная.

— Тогда не привыкать. Показывай хозяйство. — Гуров приподнял край ленты, поднырнул под нее и остановился: — Где тело нашли?

— Вон под тем кустом, — ткнул пальцем в отдельно стоящий куст Щипачев. — Видать, он его и задержал. Катился с насыпи, пока на куст не наткнулся.

— С чего решил, что тело с насыпи катилось? — спросил Гуров, приступая к осмотру куста и дороги.

— Чего там думать, все же видно, — удивленно поднял брови Щипачев. — Вон по насыпи полоса широкая идет, и в одежде щебенка застряла. Пуговицу от пиджака оторвало, ее Никанорыч метра за три от тела нашел. Не добровольно же он по насыпи катался?

— Наблюдательный, значит? — довольно улыбнулся Лев.

— Есть такое дело, — без ложной скромности ответил Щипачев. — Мамка в детстве натаскала. Игра есть такая — «Что изменилось?», может, знаете? Это когда разные мелкие предметы сперва на столе раскладывают, дают время запомнить, как лежат, а потом переставляют.

— Играл когда-то. Выходит, не забыли еще старых игр.

— Когда пятерых оболтусов усмирить нужно, и не такое вспомнишь. Мать нас посадит, вывалит кучу из шкатулки, а сама в огород или у скотины убраться. Это пока мы мелкими были. Потом сами управлялись, а она только покрикивала да команды раздавала.

— Из многодетных?

— Ага. Вернее, так точно, — спохватился Щипачев. — Виноват, товарищ полковник!

— Да ладно, расшаркиваться перед своим начальством будешь. Давай, докладывай обстановку, — отмахнулся от извинений Гуров. — Хоть что-то на месте происшествия удалось обнаружить?

— Так, по мелочи, — вздохнул Щипачев. — Тут до нас Золотая Орда прошла.

— Это как?

— Да пацанва местная на всю деревню про труп растрезвонила, те и набежали. Никанорычу, нашему эксперту, только обрат и остался, как от молока сепарированного.

— Как от молока, говоришь? — Сравнение Льва позабавило. — И все же что-нибудь есть, за что зацепиться можно?

— Выкинули его наверняка из легковушки, так Никанорыч сказал. Если бы с большей высоты летел, синяки бы остались. Гематомы то есть. А бока у трупа чистые. Следов насильственных действий вообще никаких. Нет, вру, кисть левой руки травмирована. Три пальца сломаны, и кожа с них слезла. Никанорыч сказал, дверцей прищемить могло, причем еще до смерти. Я вот думаю, может, за порог цеплялся, когда из машины летел?

— Возможно. Еще что?

— Карманы куртки пустые. В брюках рекламные проспекты рыболовных принадлежностей и крючок рыболовный. Шикарный крючок, такие только на заказ привозят. Дорогущий, я в прошлом году приценялся. Сперва я подумал, надо же, какой заядлый рыбак, на снасти денег не жалеет, а потом узнал, что в рыболовном магазине торгует, и все встало на свои места.

— С Никанорычем вы в друзьях? — поинтересовался Лев.

— Вроде того. Никанорычу под шестьдесят, мне двадцать шесть, про дружбу речи не идет, но друг другу симпатизируем.

— Значит, результатами вскрытия он с тобой должен был поделиться.

— Так это ж не секрет, — пожал плечами Щипачев. — В одной команде работаем.

— Ну, докладывай, чего время тянуть, — потребовал Гуров.

— Смерть наступила в результате асфиксии, произошедшей ввиду врожденного или приобретенного аллергического синдрома.

Отек гортани произошел при принятии аллергена. Какого именно, Никанорыч еще выясняет. Аллерген введен в организм не насильственным путем, а путем обмана, так сказал Никанорыч. Если говорить проще, то мужику дали что-то съесть или, скорее, выпить, не сообщив состав угощения. Тот поел-выпил, а спустя некоторое время начал задыхаться. Тогда-то его из автомобиля и выкинули. Может, сами не ожидали такой реакции.

— Возможно, и так, — согласился Гуров, — хотя могли бы противоаллергенное средство дать или в больницу отвезти. Почему этого не сделали?

— Под рукой не оказалось? Вообще-то Никанорыч что-то такое про гистамины говорил. Только что, не помню. А до больницы побоялись не довезти.

— У аллергиков, как правило, лекарство всегда с собой. Насчет больницы возможно, но могли же и у порога высадить. Там бы хоть кто-то помог.

— Значит, не были заинтересованы в том, чтобы человек выжил, — сделал единственно возможный вывод Сергей. — Хотели, чтобы умер.

— Как одна из версий пойдет, — кивнул Лев. — Будем разбираться.

— Я же еще про один нюанс не сказал, — спохватился Щипачев. — В крови пострадавшего также обнаружены остатки снотворного средства, медицинское название не воспроизведу, но точно не растительного происхождения. Концентрация в крови убойная. Об этом лучше сам Никанорыч доложит, я в деталях не силен.

— Шансы на версию о насильственной смерти повышаются, — задумчиво проговорил Лев. — Что ж, почитаем отчет и после этого выводы делать будем. Ты в машине пока посиди, я тут похожу, местность осмотрю. Потом вместе в Лотошино поедем.

Щипачев направился к машине весьма довольный, так как сидеть на солнцепеке ему порядком надоело. На осмотр места происшествия времени Гуров потратил немного, быстро понял, что ловить здесь нечего, и они уехали.

До Лотошина домчали за десять минут. В отделе Гурова встретил начальник Щипачева, предложил проводить в кабинет, отведенный специально для столичного гостя, но Лев отказался. Сославшись на «особые распоряжения» относительно оперативности расследования, он выяснил, где располагается морг, и получил «зеленый свет» на любые действия. В последний момент решив, что помощник ему не помешает, вытребовал себе в напарники лейтенанта. Начальник выбору Гурова удивился, но возражать не посмел. Раз нужен Щипачев, так тому и быть.

В морг к Никанорычу пришли вместе. Эксперт-криминалист и патологоанатом в одном лице сидел в малюсенькой каморке при здании морга. Седовласый мужчина, на вид почти старик, но с крепкими мышцами и острым взглядом, встретил Гурова как родного, только что не облобызал троекратно. Кресло почетное освободил, бумаги для ознакомления выложил, чай из термоса в чистый стакан налил.

— Я ведь про вас, товарищ полковник, весьма наслышан. Серега Юрков, мой сокурсник по институту, вроде как с вами дружен, верно? Он на Кантемировке в Москве промышляет. Ну, мы с ним, стало быть, тоже корешаемся. Видимся, само собой разумеется, редко, но созваниваемся систематически. Так он про вас такие истории рассказывает, никаких фильмов не надо. Стало быть, я ваш давний и преданный поклонник, что ли?

Сергея Юркова, патологоанатома из Царицынского морга, Гуров знал хорошо. Как и в случае с Никанорычем, виделись они всего пару-тройку раз за год, да и то все больше по рабочим вопросам, и все же отношения между ними сложились ближе, чем просто приятельские. Года четыре назад Юрков даже дело Гурову подкинул, заковыристое, выходящее за привычные для угрозыска рамки.

Благодаря наблюдательности Юркова Гуров разоблачил некоего профессора, преподавателя медицинского университета, который, проявив неуместное рвение, взялся испытывать экспериментальный сердечный препарат на своих студентках. Громкое тогда дело вышло. И все же не стоило Сереге расписывать его, Гурова, заслуги так, будто он — Наполеон. Признание Никанорыча создало определенную неловкость, а ведь им предстояло работать вместе не один день.

— Думаю, Юрков несколько приукрасил свои рассказы, — произнес Лев и быстро перешел к текущему делу. Он начал просматривать отчет Никанорыча, задавая по ходу необходимые вопросы: — Причина смерти — отек гортани. Удалось установить вид аллергена?

— Мед. — Поняв, что переборщил с откровениями, Никанорыч притих. — Обычный мед. Скорее всего, входил в состав снотворного. В самом снотворном препарате ничего экстраординарного. Посильнее травяного настоя, и рассчитан, само собой разумеется, скорее на молодой здоровый организм, чем на людей в возрасте, но купить его можно в любой аптеке. Шипучие таблетки с разными фруктовыми добавками. Как в противогриппозных. Этот, стало быть, с медовым экстрактом был.

— Отек вызвал медовый экстракт от шипучих таблеток? Там ведь дозировка минимальная, — удивился Лев. — Такая серьезная реакция, даже странно.

— Не все так просто. — Никанорыч сел на любимого конька, глаза его загорелись, о недавнем конфузе он будто напрочь забыл. — Моментик тут уж очень интересный. Хотите подробности?

— Разумеется.

— Препарат, полученный потерпевшим, содержит единственное активное вещество. А именно, доксиламина сукцинат. Выпускается под торговым названием донормил, или сонмил. Суть действия препарата — угнетение или блокировка H1 гистаминовых рецепторов, и, по существу, он является антигистаминным препаратом. Улавливаете иронию судьбы? Нет? Ничего, скоро поймете. Так вот, хоть препарат и работает на угнетение гистаминовых рецепторов, но как антигистаминное средство не применяется, только как снотворное. Очень хорошее снотворное, почти лучшее для экземпляров, чья нервная система лишь слегка пошатнулась. Действует почти мгновенно, уменьшает время засыпания, увеличивает время сна. Если на следующий день не за руль, стало быть, лучшего средства не найти.

— И в чем подвох?

— В побочных эффектах. — Лицо Никанорыча светилось торжеством. — Как у любого антигистаминного препарата, у этого привычный набор побочных действий: сухость во рту, тяжелое пробуждение, сонливость в первой половине дня. Помимо прочего, препарат не рекомендуют употреблять пациентам с нарушением почечной функции оттока мочи и... нарушением дыхания во время сна! Как у Даля говорится: что русскому — хорошо, то еврею — смерть, верно?

— Хотите сказать, помимо аллергии на мед жертва страдала нарушением дыхания во время сна? Это вы тоже в результате вскрытия узнали?

— Да нет же! Неужели непонятно, тут сработал обратный эффект. Стечение, стало быть, обстоятельств. Пострадавший принял снотворное, его стало клонить в сон, когда начал действовать аллерген. Произошел отек гортани, стало быть, нарушилось дыхание во время сна. И как в этом случае действует донормил? Он увеличивает отрицательное воздействие аллергена, заставляя гортань сжиматься в разы быстрее. Теперь понятно? Вместо того чтобы снять симптомы аллергической реакции, препарат усугубил ситуацию.

— Похоже на правду. — Гуров задумался, анализируя информацию. — Одна беда наложилась на другую.

— Тот, кто поил жертву медовым снотворным, видимо, понятия не имел ни об аллергии, ни о побочном эффекте снотворного, вот что я думаю. Его и из машины выкинули скорее в панике, нежели по злому умыслу. Знаете, сколько в нашей местности дремучих мест, куда нога человека ступает разве что по пьяни да сдуру? Было бы желание, спрятать труп на годы труда не составит. Верно, Серега?

— Правильно говоришь, Никанорыч. Я об этом все утро думал. Зачем понадобилось выбрасывать труп у Хамова пруда? Там ведь народ толпами ошивается. И рыбаки, и грибники, и просто шалберники, которым дома не сидится. Километров шесть вперед проехал, сбросил тело в кювет, и через месяц его ни одна экспертиза не опознает.

— Это ты про Собачий хутор? — закивал головой Никанорыч. — Там да, там бездомные собаки от нашего трупешника и костей бы не оставили. В этом году они особенно лютуют. Люди туда ходить боятся, стая до сотни псов разрослась, да и делать там особо нечего. Делянка в полгектара вся сплошь терновником да диким шиповником поросла. Захочешь, не продерешься. Уж сколько местные жители властям на это место гиблое указывали, сколько жалоб писали, а воз и ныне там.

— Относительно травмы кисти что можете сказать? — попытался Лев не дать Никанорычу уйти с заданного курса.

— Тут тоже любопытный материал, — снова оживился патологоанатом. — Травма кисти получена в результате резкого удара, скорее всего, нижней части автомобильной дверцы. Удар был неоднократный, лупили по кисти раза четыре, не меньше. Видно, не хотел мужик пальцы расцеплять. Жестоко, больно, но, возможно, именно это обстоятельство поможет найти злоумышленника.

— И снова вынужден просить пояснений, — произнес Гуров. — Чем эта травма может помочь следствию?

— А тем, что удары производились с такой силой, что микроскопические частицы краски остались на покалеченной конечности. Впечатались в оголенную кость, так сказать. Не мне вам напоминать, какая важная улика — краска с подозреваемого авто. Частицы я сохранил, курьером в Москву отправил. У нас необходимого оборудования нет, а в столице мигом определят и марку, и год выпуска.

— Это хорошая новость. Отлично сработано, — похвалил Лев. — Осталось тело осмотреть, и можно выдвигаться обратно в Москву.

— У нас, значит, не останетесь? Жаль, жаль. Думал, посидим по-семейному, чайку попьем, Сереге Юркову косточки перемоем, — мечтательно протянул Никанорыч.

— В другой раз обязательно посидим, — заверил Гуров. — А пока не до посиделок. Приеду в Москву, потороплю экспертов. Скорее всего преступник или группа преступников от машины успели избавиться, и все же найти владельца стоит попробовать.

— Ваша правда, товарищ полковник, — согласился Никанорыч. — Это только попадая ко мне, люди перестают спешить и опаздывать. Вам же приходится торопиться. Пойдемте, познакомлю вас с «Хамовым трупом».

— Вы всем, кого в морг привозят, прозвища даете? — нахмурился Лев.

— Нет, конечно, — аж руками замахал патологоанатом. — Только тем, кого еще не опознали. Как-то ведь нужно их различать. Теперь-то мы знаем и имя, и фамилию, а прозвище по привычке вырвалось.

Он провел Гурова в комнату, где стояли холодильные камеры. Нужная оказалась третьей в первом ряду. Формальную фразу о готовности произносить не стал. Сколько раз сам полковник читал предупредительный монолог? Поди, раз пятьсот. Наизусть уж выучил, так что можно не напрягаться. Каталка поехала по рельсам, встала в пазы. Никанорыч снял одноразовую простыню, обнажая загорелый торс мужчины.

Лейтенант Щипачев остановился у порога. К посещению морга он всегда относился предвзято. Разглядывать голое тело, да еще после вскрытия — удовольствие сомнительное. Одно дело труп в канаве, он хоть на человека похож. В одежде привычной, в обстановке располагающей, короче, все как у людей. А под люминесцентными лампами и в обрамлении холодного кафеля это уже не человек, а фигура восковая, так он считал. Благо ему, как участковому, не так часто приходилось иметь дело с трупами, все больше с алкашами да хулиганами.

Гуров же в морге бывал чаще, чем другие люди в хозяйственном магазине. Холодный «могильный» свет он почти не замечал, трупы, изрезанные скальпелями и заштопанные нитками, его не напрягали, а запах... запах присутствует всегда. Хоть в розарий труп положи, а от запаха не избавишься. В любом случае работу делать надо.

Осмотр и на этот раз много времени не занял. Работу свою Никанорыч выполнил на пять с плюсом: отчет составил строго по правилам, результаты расписал подробно, «воды не лил», все только по существу. Гурову оставалось лишь снять копию, и ровно в девять вечера он отбыл в Москву.

ГЛАВА 4

В этот день на автостанцию в Мякинино Гуров так и не попал. В полночь делать там было нечего, его ведь не место интересовало, а свидетели. А какие же свидетели в ночное время? Мороженщица, и та наверняка в этот час десятый сон в теплой постели досматривает. Самому Гурову было не до сна. Одна забота наложилась на другую, какой уж тут отдых. Это Крячко хорошо, его проблемы отдела в данный момент не касаются. Вернулся на свою конференцию, дрыхнет в казенном гостиничном номере или компанию для распития горячительных напитков организовал и гульбарит по полной. Для него это не проблема, в любой обстановке друзей-товарищей найдет.

Ехать в отдел смысла особого тоже не было. С экспертами он решил связаться утром, идти на доклад к Орлову — пока лишь пустая трата времени, да и не требовал генерал от него незамедлительного отчета. А вот подумать о том, как Струбалин вместо Сычева, где держал дачный участок, в Лотошино попал — вопрос номер один. Но эту головоломку можно и дома решать, поэтому из Лотошина Гуров поехал прямиком домой.

Чтобы не мешать жене, которая к тому времени уже спала, он закрылся на кухне, обложился картами и принялся прокладывать возможные маршруты от Москвы до дачи Струбалина. Дачу для отдыха тот выбрал грамотно. Если верить блогерам и форумам, места у Сычева рыбные. Тут тебе и водохранилище, и пруды с карасем и ротаном. Есть озеро и речка Гряда, хоть берег и изрезан карьерами, но для опытного рыбака это не помеха.

Рыбалка в сычевских местах Гурова интересовала постольку-поскольку, больше дорога до рыбных мест. Расстояние между Лотошино и Сычево в среднем километров шестьдесят, какой-то час езды. Лотошино располагалось дальше и в стороне от федеральной трассы, но направление одно, на Волоколамск. В свете новых фактов картина вырисовывалась очень даже четкая. Из Москвы Струбалин выехал на попутке либо на такси. Такси под вопросом, так как все вызовы регистрируются, но проверить не помешает. В пути ему предложили некий напиток, содержащий снотворный препарат типа донормил. Для чего? Для совершения впоследствии противоправного действия. Может, ограбить хотели, может, жизни лишить, ответ на этот вопрос еще предстояло выяснить.

Расчет преступников был на то, что пассажир просто заснет, но тут вмешался случай. Сработал аллерген, и пассажир начал задыхаться. На то, что он умрет в салоне автомобиля, преступники не рассчитывали, а пассажиру становилось все хуже. Они запаниковали, в этом вопросе Гуров с Никанорычем был склонен согласиться. Он не один год за преступниками гоняется, а абсолютно хладнокровных убийц встречал редко. Рано или поздно каждый преступник начинает паниковать, потому что, какой бы гениальный план он ни разработал, жизнь обязательно внесет свои коррективы. На этом и держится уголовный розыск. На глупых ошибках, непредвиденных обстоятельствах и случайных совпадениях.

В данном случае преступник никак не мог предвидеть, что Струбалин страдает аллергией на мед, и надо же было так совпасть, что для маскировки вкуса он выбрал шипучие таблетки именно с этим ароматизатором. Но все сложилось так, как сложилось, и теперь ему, Льву Гурову, нужно понять, в какой момент все пошло не так.

Почему это важно? Чтобы сузить круг поиска. Предположим, преступник планировал довезти пассажира до конкретного места. Этот вывод логичен. Раз уж задумал совершить преступление, значит, и место для его осуществления выбрал заранее. Сычево отпадает. Слишком людно, да и Струбалина там наверняка знают. Есть вероятность, что запомнят и машину, и водителя. Вполне возможно, преступник надеялся, что до Сычева пассажир заснет крепким сном, и возмущаться тем, что водитель проскочил нужный поворот, будет уже некому. Пассажир спит, преступник везет его, куда захочет.

Собирался ли он ехать в Лотошино? Гуров в этом уверен не был. Скорее нет, чем да, так бы он описал свои ощущения. Лотошино и Хамов пруд, видимо, вынужденная мера. Пассажир просыпается от недостатка кислорода, задыхается на переднем сиденье, просит о помощи, требует остановить машину или что-то в этом роде. Все это не входит в планы преступника, он паникует и едет куда глаза глядят. Когда же пассажиру становится совсем худо, принимает решение и выталкивает того из салона. Притормаживает, переваливается через пассажирское сиденье, распахивает дверь и толкает жертву на дорогу.

Но тот умирать не торопится и хватается за порог, не давая возможности преступнику закрыть дверь. Тому приходится остановиться, так как на ходу справиться с жертвой трудно, и несколько раз ударить дверцей по пальцам жертвы, пока наконец хватка не ослабевает. Тело катится под откос, машина рвет с места и уезжает в неизвестном направлении. Пока все логично.

Следующий вопрос: был ли Струбалин ограблен или его собирались убить? Выяснить этот вопрос можно лишь условно. Проверить счета в банке, наличие банковских карт и размер сбережений на них. Узнать, не снимал ли Струбалин крупную сумму накануне поездки и не воспользовались ли его счетами уже после его смерти. Все это Гуров узнает по официальному запросу, это не проблема. Проблема появится, если счета целы. Кто, а главное, почему мог желать смерти продавцу рыболовных принадлежностей? Месть? Сведение счетов за нанесенную обиду? Все это возможно.

Доронин в этом вопросе не помощник. О Струбалине он практически ничего не знает, кроме того, что тот не имеет кровной родни. Придется встретиться с коллегами Струбалина, возможно, они смогут дать наводку. Ну, и соседи, разумеется. С соседями, пожалуй, шансов больше, к ним к первым и идти.

Еще предстоит выяснить, каким способом Струбалин обычно добирался до дачи. С этим вопросом придется обращаться к дачным соседям, вряд ли городские в курсе. Есть ли смысл обходить автостанции, откуда уходят пригородные автобусы по Волоколамскому направлению? Будет видно из результатов опроса соседей.

Определив фронт работ на ближайшее время, Гуров спать не пошел. Он продолжал сидеть на кухне, подперев голову руками и всматриваясь в карту. Вроде бы можно и на покой отправляться, все равно с теми исходными данными, что есть на руках, ничего нового не высидеть, а что-то не пускает. Ощущение, что вот-вот зацепишь что-то важное, что-то, что поможет по-иному взглянуть на ситуацию, настолько сильно, что затылок ломит. Откуда оно пришло? В какой момент размышлений появилось? Непонятно.

Уснуть в таком состоянии нереально, значит, проще смириться и пройти весь путь заново. От начала до конца. Или, наоборот, подойти к проблеме с другой стороны. Что он знает о личности жертвы? Пока очень мало, но все же кое-какая информация имеется. Что ж, попробуем поработать в этом направлении.

Олег Струбалин, мужчина за сорок, одинокий. Из всех радостей — одна рыбалка. Даже дачу ради этой цели приобрел. Пропал, и вспомнить про него некому. Случайный знакомый тревогу забил, так это скорее удача, чем закономерность. По какой-то причине сел в машину незнакомца. Почему незнакомца? Да потому, что хороший знакомый знал бы про аллергию. Мед — это не хлорка, его в какие только продукты не добавляют. Купил печенье или пряник, угостил друга, а он возьми да и начни задыхаться. Про такие вещи принято заранее предупреждать. Вот и получается, что водитель был ему незнаком.

Почему он поехал на дачу на машине? Обычная практика добираться на попутках ради экономии средств? Как-то не вяжется. Иметь дачу и ездить туда от случая к случаю? Вряд ли этот вариант окажется верным. У каждого дачника есть свой маршрут, которым он следует до места загородного отдыха. Интересно, не обсуждал он этот вопрос с Дорониным? Может, позвонить ему, пусть мозг напряжет. А что время позднее — ничего страшного. Сам хотел, чтобы к расследованию серьезно отнеслись. На часах без четверти два, куда уж серьезнее? Ему, Гурову, необходим толчок. Не сдвинется с места, не исчезнет ощущение чего-то глобально важного — сегодня ему не уснуть. А завтра, между прочим, новый день, со своими трудовыми обязанностями и заботами.

Набирая номер Доронина, Лев не был уверен, что тот ответит или не пошлет его куда подальше. Сомневался и все же набрал. Доронин ответил после второго гудка.

— Да? — Сонливости в голосе не слышно.

— Это Гуров.

— Я понял. Ваш номер внесен в контакты.

— Есть вопрос. — Лев говорил коротко, отрывисто. По непонятной ему самому причине общаться с Дорониным не хотелось.

— Я понял. — Ответы Доронина звучали так же коротко и сухо.

— Знаете, как обычно Струбалин добирался до дачи?

— На попутках. Кажется, у него недалеко от дома автостанция промежуточная, как раз в нужном направлении, где-то возле МКАД. Он туда пешком, а там попутчиков ищет. Искал.

У Гурова словно щелкнуло что-то в мозгу.

— Случайно, Струбалин жил не в районе Мякинино? — задал он вопрос и замер, ожидая ответа. Оно? Не оно?

— Там. Когда я дорогой до дачи интересовался, он от своего дома меня ориентировал, — пояснил Доронин.

— Ясно. Спасибо за помощь.

— Вы что-то узнали? Что-то важное?

— Пока рано говорить. Завтра созвонимся, — не стал забегать вперед полковник. — Но вы мне действительно помогли. Спокойной ночи!

Лев сбросил звонок, уперся взглядом в карту. Вот оно! Вторая задача вписалась в первую. Или первая во вторую, без разницы. Ситуация с Нининым женихом, Николаем Параниным, почти точная копия ситуации со Струбалиным. Дача, Мякинино, незнакомая машина, исчезновение. Разница лишь в том, что один ездил на попутках постоянно, второй предпочитал автобус. Неужели серия?

— Проклятье! Только этого мне не хватало! — вслух выругался он.

Фраза прозвучала громче, чем хотелось. Из спальни донесся голос жены:

— Лева, у тебя все в порядке?

— Да, милая, все в порядке. Спи.

— Ты скоро? Который час? — Щелкнул ночник, и следом послышался тихий вздох: — Два часа, Лева, ты вообще спать сегодня собираешься?

— Да, да, я скоро. Прости, спи, родная.

Ночник потух, жена поворочалась в постели и затихла, а Гуров еще долго сидел в ярко освещенной кухне, сопоставляя скудные факты. Результат ему не нравился. Ох как не нравился, но вывод напрашивался сам собой. «Придется проверять, — в сотый раз сам для себя произнес он. — Орлов будет в бешенстве, но тут уж ничего не поделаешь». В четверть четвертого Лев свернул карты, потушил свет и пошел спать. Грядущий день не предвещал ничего хорошего.

— Какая серия, Гуров? Ты в своем уме?!

К Орлову полковник попал только к десяти утра. До этого времени он успел переделать кучу дел: связался с криминологическим отделом и вытребовал у них результаты по краске, добытой Никанорычем, вызвал в отдел Нину Фадееву и довольно продуктивно с ней пообщался, сделал запрос в банк, где у Струбалина был открыт счет; отправил в рыболовный магазин гонца с повесткой, чтобы тот обеспечил явку напарника Струбалина, и еще целый ряд разыскных мероприятий, не терпящих отлагательства. Теперь же Гуров стоял навытяжку в кабинете генерала, который носился по комнате и метал громы и молнии.

— Серия! Только этого нам не хватало. И как только тебя угораздило! Ты хоть Доронина этой «приятной» новостью не успел огорошить?

— Никак нет, товарищ генерал! — В таких случаях Гуров предпочитал обращаться к другу строго по форме.

— Хоть за это спасибо. И где ты только эту Фадееву выискал!

Подставлять лейтенанта Жаворонкова Гуров не собирался, поэтому предусмотрительно промолчал. По опыту он знал, что пыл с генерала скоро сойдет и они смогут обсудить создавшуюся ситуацию без эмоций. Возмущение Орлова было Гурову понятно. Серийный убийца без лица, без имени — перспектива малоприятная. Это ему, Гурову, легко. Пришел, доложил и жди указаний, а Орлову о происшествии наверх докладывать, а там за такие новости по голове не гладят.

— Скажи мне, Лева, ты на сто процентов уверен, что исчезновение Паранина и смерть Струбалина взаимосвязаны, что это звенья одной цепи? — Вопрос прозвучал в десятый раз за последние двадцать минут, и Гуров в очередной раз повторил то, что отвечал и в первом, и во втором, и в последующих случаях:

— Стопроцентную гарантию я смогу дать лишь тогда, когда следственные и оперативно-разыскные мероприятия будут проведены в полном объеме.

— Чего ты мне казенными фразами сыплешь? Ты мне конкретный ответ дай. Уверен, что Паранина и Струбалина убил один и тот же человек?

— Да не могу я тебе сказать то, что ты хочешь услышать, — уловив настроение генерала, перешел от доклада к дружескому диалогу Лев. — Не знаю я точно, Петя. И никто не знает, разве что сам убийца. Я даже не уверен, мертв ли Паранин или еще жив, но узнаю непременно. Потому и пришел к тебе. За помощью пришел, а не за головомойкой. Я не больше тебя рад, что два дела в одно сливаются, но таковы обстоятельства. Без твоей поддержки мне не обойтись, сам знаешь. И Крячко вызвать прошу не из прихоти, а по необходимости. Мне не разорваться. В Сычево ехать надо, в Мякинино надо, на адрес Струбалина тоже практиканта не пошлешь, одному никак не успеть.

А если Паранин еще жив? Если неизвестный маньяк где-то его держит? Пока мотивы преступника нам не ясны, такой вариант мы исключить не можем.

— Ладно, ладно, совестить меня надумал, — сбавил тон Орлов, теперь он уже не кричал, а скорее ворчал. — Допустим, Крячко я тебе верну. И еще пару человек выделю, раз уж у тебя обстоятельства. Но наверх докладывать не стану, даже если по шапке потом получу. Пока веских доказательств мне не предоставишь — будем считать, что занимаешься ты только одним делом. Убийство Струбалина в приоритете, слышишь меня, Лева? В приоритете. С Параниным разбирайся либо параллельно, либо в свободное от службы время. Так Фадеевой и скажи: официального хода ее делу я не даю, и точка. Нет трупа — нет дела.

— Тела, — машинально поправил Гуров.

— Что? — нахмурился Орлов.

— Поговорка так звучит: нету тела — нету дела.

— Гуров, ты вообще обнаглел? Ты мне еще байки рассказывать начни или предсказания Ванги напомни!

— Виноват, товарищ генерал, исправлюсь, — козырнул Лев, но улыбку сдержать не сумел.

— Иди отсюда, шутник! — повеселел и Орлов. — Крячко сам звони, а я подумаю, кого вместо него послать. В помощники возьми Агейкина и Ярцева, они оба без дела прохлаждаются.

— Спасибо, Петя, — поблагодарил Гуров. — За Крячко — отдельное.

— Иди уже, — махнул рукой Орлов. — И в курсе меня держи. Если все же серия, я должен узнать об этом первым. Да смотри, чтобы раньше времени в прессу не просочилось, а то не сносить нам головы.

Об этом Лев и сам знал, утечка информации сейчас ему совсем не на руку, но беспокоиться по этому поводу причин не видел, так как выводы держал при себе. Генералу только и доложил, даже Валерке Жаворонкову и то словом не обмолвился, хотя тот у его кабинета с восьми утра пасся. Вот и сейчас, не успел Гуров вернуться, а он уже торчит в дверях.

— Что еще, Валера? — со вздохом спросил Лев, пропуская Жаворонкова в кабинет.

— Нина заходила, сказала насчет машины, — осторожно проговорил Валера. — Что-то проклюнулось?

— Ничего конкретного, обычные разыскные мероприятия.

— Она сказала, вы иномарку ищете, это правда?

— Ищем.

— Я могу помочь. У меня сейчас как раз время свободное появилось.

— Знаю я о том, как оно у тебя появилось. Всю ночь текущие дела подбивал, — проворчал Лев. — А спать когда? Так и свалиться недолго.

— Кузнецов настукачил? — насупился Жаворонков. — Его какое дело? С работой я справился, а в какое время, никого не касается. Так как насчет помощи, нужна или нет?

— Вообще-то нужна, — признался Гуров. — Только может так статься, что машина эта к делу Фадеевой отношения иметь не будет. Сам понимаешь, у меня помимо ее забот другие дела есть.

— Труп из Лотошина? — проявил осведомленность Жаворонков. — Пусть так, все равно помогу. Вам больше времени на поиски Паранина останется.

— Хорошо, записывай, — сдался Лев. — «Фольксваген» выпуска от девяноста шестого до девяносто восьмого года. Цвет «серебристый металлик». Пока ищем владельцев, зарегистрировавших данный вид авто в Москве и Московской области, дальше будет видно. Составишь список владельцев с адресами. Успеешь пробить по нашей базе на предмет судимости, будет совсем хорошо.

— Все сделаю, Лев Иванович. — Жаворонкову до смерти хотелось узнать, почему Гурова заинтересовали владельцы именно этого автомобиля, но он сдержался и вопросов задавать не стал. — Отчет в письменном виде?

— Будет что-то особо интересное — позвонишь. Полную информацию лучше распечатай. Все, Валера, дел полно. Иди!

Когда Жаворонков покинул кабинет, Гуров набрал номер Крячко, в двух словах обрисовал ситуацию, после чего тот пообещал выехать немедленно. Сменщик Струбалина должен был вот-вот подъехать, поэтому Лев оказался привязан к своему рабочему месту.

В криминологической лаборатории ему объяснили, что вид краски, обнаруженный на кисти Струбалина, в заводском исполнении использовался для окрашивания ограниченной серии авто. Причем ограничения касались не только марки и модели, но и комплектации, а также, что немаловажно, года выпуска. В этом отношении Гурову не просто повезло, он, можно сказать, лотерейный билет вытянул. По какой-то причине краска не удовлетворила высоких запросов производителей авто марки «Фольксваген», и от ее дальнейшего применения быстро отказались. Вот почему вышло так, что автомобилей, окрашенных искомым цветом, с конвейера вышло не более пяти сотен.

Эксперт-криминалист выдал настолько подробное заключение, что Гурову оставалось лишь ввести эти данные в базу и нажать кнопку «Поиск». Найти владельца «Фольксвагена» пятой модели, с механической коробкой передач, объемом двигателя один и шесть, с передним приводом и ограниченной двумя годами выпуска. Что может быть проще? А теперь еще эту обязанность взял на себя Жаворонков. Удача, да и только. Со списком владельцев авто дело пойдет споро.

Выяснив конкретную модель подозреваемого автомобиля, Лев получил возможность проверить свою теорию. Подготовил ряд фотоснимков серебристых седанов, включив в него не только «Фольксвагены», но и другие марки авто, и вызвал Фадееву. На вызов Нина откликнулась мгновенно, на Петровку приехала в рекордно короткий срок. Несмотря на полное отсутствие знаний о марках и моделях авто, а может, именно благодаря этому, она опознала «Фольксваген» как автомобиль, на котором уехал Паранин.

Чтобы исключить ошибку, Гуров потребовал объяснений, по каким признакам

Фадеева остановила свой выбор на данном авто. Ответ оказался конкретный. Как ни странно, она запомнила характерные габаритные огни, расположенные на бампере, и широкий черный молдинг по всему периметру кузова. Плюс «лицо агрессивно-сердитое», как описала Нина данную модель. Внешне авто действительно выглядело агрессивнее многих своих собратьев. Опознанием Гуров остался удовлетворен. Нину отпустил, заверив, что работа идет и о подвижках он ей сообщит дополнительно.

А вот результаты запроса в банк привели в уныние. Ни накануне поездки на дачу, ни в ближайшие недели Струбалин крупной суммы денег со счетов не снимал. Он вообще не имел существенных накоплений. В пределах месячной заработной платы, не более того. За последние четыре дня картами Струбалина ни разу не воспользовались, что тоже не особо радовало. По всему выходило, что снотворным продавца рыболовных товаров опоили не ради наживы.

— Товарищ полковник, к вам гражданин Уточкин по повестке, — заглянул в кабинет дежурный. За его спиной маячил долговязый парень лет двадцати пяти.

— Пусть заходит, — кивнул Лев, откладывая выписки из банка.

Уточкин несмело шагнул через порог и остановился. Вид у него был испуганный и какой-то виноватый.

— Уточкин Валерий Алексеевич? Проходите, присаживайтесь. У меня к вам имеется ряд вопросов, — вежливо проговорил полковник.

— Да я ведь ничего не знаю, — с ходу включил «несознанку» Уточкин. — Мы со Струбалиным почти не знакомы. Я там вообще на подмене работаю, в выходные, как второй продавец, и в будни, когда Олегу выходной взять нужно. Я в универе учусь, на ветеринара. Денег не хватает, вот и подрабатываю. Законом это не запрещается.

— Не нужно так нервничать, гражданин Уточкин. Вас никто ни в чем обвинять не собирается. Зададим несколько вопросов, вы на них ответите и вернетесь в свой магазин или в универ, это уж на ваше усмотрение.

— Я правда ничего не знаю, — повторил на всякий случай Уточкин, но после слов Гурова заметно приободрился. — Только время на меня зря потратите.

— Это вам так кажется. Поначалу все думают, что ничего не знают, ничего не видели, ничего не слышали, а копнешь, и удивишься, насколько много информации откладывается в памяти и, по большей части, остается невостребованной.

— Ну, ладно, дело ваше. Задавайте свои вопросы, — смирился Уточкин.

— Для начала стандартные вопросы, — начал Гуров. — Как долго вы работаете с Олегом Струбалиным?

— Три года. Я второй курс закончил, летом пришел в магазин устраиваться, хозяин меня взял на особых условиях. С тех пор и работаю.

— Что за особые условия?

— График скользящий и зарплата сдельная. Сколько продал, столько и получил.

— У Струбалина та же система оплаты действовала?

— У него еще оклад. Минималка, если межсезонье или продаж совсем нет.

— Часто такое случалось, что продаж нет?

— Не очень. В год пару раз, наверное. В марте и в июле стабильно, а в остальное время как придется. Иногда ходовой товар не завезут, мы и сидим, лапу сосем.

— Прям так по месяцам знаете, когда продаж нет? Интересно.

— Да каждый год одно и то же. У меня-то оклада нет. Когда месяц без доходов, поневоле запомнишь. В марте мужики все «бабосики» на бабский праздник спускают, а в июле их же на юга да по заграницам отдыхать возят. Вот выручки и нет.

— Струбалин когда-нибудь жаловался на нехватку денег? — спросил Лев. Он предположил, что, возможно, из-за отсутствия кассы тот мог взять заем, который не сумел вернуть, кредиторы с ним и разобрались. По срокам сходится. От августа три недели прошло, не так много, но кредиторы разные бывают. Одни терпеливые, другие — нет.

— Не больше остальных. Так, между делом, правительство, мол, говно, зарплата — мизер, как на такие гроши жить, — растягивая слова, явно копируя Струбалина, запел Уточкин, но, поняв, что опростоволосился, тут же осекся: — Ох, простите, что-то я не того... Нет, я не против правительства, не подумайте. Лично я считаю, что у нас в стране все отлично, даже лучше, — сбивчиво заговорил он. — И денег мне хватает. Честно-честно! И Олегу хватало, он только изредка, чтобы поворчать...

— Я понял, — оборвал его Гуров. — Значит, крупных сумм Струбалин не занимал?

— Кто ж его знает? — пожал плечами Уточкин. — Может, и занимал, да не у меня.

— Подумайте, это очень важный вопрос. Быть может, он между делом когда-то обмолвился или в телефонном разговоре с друзьями упоминал? Может, рассказывал, что планирует покупку дорогостоящую, а денег не хватает?

— Нет, ничего такого я не слышал, — покачал головой Уточкин. — Олег покупки взаймы не делал. Есть деньги — купит, нет — значит, не особо эта вещь ему нужна. Это его жизненный принцип.

— Вот видите, кое-что уже вспомнили, — похвалил Лев. — Ладно, следующий вопрос: к Струбалину в магазин друзья или приятели приезжали?

— А не было у него приятелей, — не задумываясь, ответил Уточкин. — Ни друзей, ни приятелей. Только покупатели знакомые, но они по делу приезжали, и не к нему, а в магазин.

— Вроде Доронина?

— А это кто?

— Покупатель. Он с Олегом на рыбалку ходил. Приезжал в магазин уже после того, как Струбалин пропал. Вас о нем расспрашивал.

— А! Мужик в деловом костюме? Я и не знал, что они дружат. Наверное, да. Таких приятелей у него много. Он на них кассу офигенскую делает, ради этого стоит приятельствовать, верно? — Уточкин мечтательно закатил глаза, видно, представил перспективы, открывающиеся перед ним со смертью напарника. Потом вдруг испугался, глаза в сторону отвел и залепетал: — Вы не подумайте, я Олегу не завидовал. Каждому — свое, правда? Он сам рыбак, ему проще, а я рыбной ловлей не интересуюсь. Я больше по животным. Кошечки, собачки. У меня у самого дома кокер, чихуа и вислоухая британка. С ними интересно, не то что с бессловесными рыбами.

— Женщина у Струбалина была? — перевел разговор на другую тему Гуров.

— Навряд ли. Он вообще мало о себе рассказывал, но когда речь про женщин заходила, в разговор не вступал. Может, он женоненавистник?

— Разберемся, — сухо ответил Лев и задал следующий вопрос: — Знаете, каким образом он на дачу добирался?

— На «Бла-бла-кар» попутчиков искал, — быстро ответил Уточкин. — Есть такая группа, там в любой конец мира попутчиков найти можно. Чтобы на бензине сэкономить. Своей-то машины у Олега не было, не любит он технику. Не любил, точнее.

— Откуда такая информация?

— Да как же! Он с работы частенько с водителями созванивался, я и слышал. Иной раз по деньгам дешевле, чем на автобусе, выходило, если компания большая.

— И в последний раз звонил?

— Не помню, может, и звонил.

— Дома у него бывали? — Этот вопрос Гуров задал скорее для проформы.

— Откуда? Мы ж с ним не друзья, — удивился Уточкин. — Да и позвал бы, я бы не пошел. Что мне у него делать? Интересы у нас разные, возраст тоже не особо, спиртное распивать ни я, ни он не любители.

— Ясно, — кивнул Лев, забрал лежащую перед Уточкиным повестку, сделал в ней отметку и вернул обратно. — Спасибо, гражданин Уточкин, вы нам очень помогли.

— Я могу идти? — обрадовался парень.

— Если что-то существенное вспомните, звоните, а пока можете быть свободны.

Уточкин вскочил со стула, сгреб в кулак повестку и почти бегом вылетел из кабинета. На пороге он чуть не сбил с ног Крячко, тот едва успел в сторону отпрыгнуть.

— Это что за кузнечик такой? — провожая его взглядом, спросил Стас, входя в кабинет.

— Это Уточкин, свидетель по делу Струбалина, — объяснил Гуров. — Ты откуда такой красивый нарисовался? Я тебе полчаса назад звонил, предполагалось, что ты в Твери. За тридцать минут разве что на реактивном самолете реально до столицы долететь.

— Тише ты, — зашикал Крячко и поспешно закрыл дверь кабинета. — Забыл поговорку: и у стен есть уши. Сейчас раззвонят на всю Петровку, а мне потом перед Орловым красней.

— Не поехал в Тверь? — догадался Лев. — Вот засранец!

— Кончай ругаться, — обиделся Стас. — Ну, не поехал. Так получилось. Зато видишь, как карта удачно легла. Ты бы меня три часа ждал, а так я уже готов к труду и обороне.

— В белых брюках и шелковой рубашке на поквартирный опрос пойдешь? — усмехнулся Лев. — Новые приключения на задницу собирать?

— Почему сразу на поквартирный? У тебя что, для меня дел поважнее не найдется? — нахмурился Крячко. С некоторых пор «поквартирку» он терпеть не мог, хоть и справлялся с задачей лучше многих. — Не жалеешь ты напарника, Лева, ох не жалеешь. Что, если меня опять какой-нибудь бугай по башке долбанет, а она на этот раз возьми да не выдержи?

Такой случай с Крячко приключился, когда они на пару расследовали убийство девушки, найденной в лесу в дешевом чемодане. Станислав тогда чудом жив остался, в госпитале пришлось полежать немало, да потом еще реабилитацию проходить. На этот случай и намекал он другу.

— Может, и не «поквартирка», может, в Сычево поедешь, — примиряюще заявил Гуров. — Садись, пижон, обсудим детали.

— Вдвоем? Ты же сказал, нам Орлов помощников выделить согласился.

— Выделил. Агейкина и Ярцева.

— Ясно. На тебе, Гуров, что нам негоже? — криво усмехнулся Стас.

— Орлов сказал, они без дела сидят, — пояснил Лев.

— Потому и сидят, что им какое дело ни поручи, они его в ... А, да ладно, найдем и им применение, — махнул рукой Крячко. — Просто я думал, что у нас настоящие, дельные помощники появятся. Шутник наш генерал, однако.

— Не ворчи, Стас, хорошо, хоть тебя позволил с конференции вытащить. Справимся сами, не впервой. А для этих двух я занятие найду, не сомневайся. Садись ближе, нечего время тянуть.

Крячко поставил стул так, чтобы был виден монитор гуровского компьютера, и тот начал вводить его в курс дела, показывая отчеты, рапорты, карты и схемы, которые успел собрать со вчерашнего обеда. Спустя час напарники составили четкий план мероприятий на весь день, после чего поделили обязанности и разошлись каждый по своим делам.

ГЛАВА 5

Нина Фадеева стояла в скудно засаженной деревьями аллее и во все глаза таращилась на парковку, где всего пару недель назад стоял серебристый седан, на котором уехал ее жених. Она понимала, что маскировка подкачала. Банальные солнечные очки и невзрачный шелковый платок на голове скорее привлекали внимание, чем делали их владелицу неприметной, но ничего более оригинального ее неопытная фантазия придумать не смогла. Ставку она делала не на маскировку, а на то, что водитель «Фольксвагена» (теперь она знала марку машины) в тот первый раз попросту не обратил на нее внимания.

После встречи с полковником Гуровым на работу она не вернулась, не могла усидеть на месте. Какая тут работа, когда впервые за невыносимо долгие шестнадцать дней у нее появилась настоящая надежда? Начальник поворчал, но добро на отгул дал. В последнее время он как-то уж рьяно проявлял заботу о судьбе Нины. Она предпочитала не задумываться о мотивах столь резкой смены отношения к ней начальства. Пусть все идет своим чередом, пока границ не переходит. Сейчас ей не до психоанализа, со своими бы настроениями справиться.

На автостанцию в Мякинино она приехала не под воздействием импульса, а приняв осознанное решение, которому предшествовали два часа размышлений, сомнений и колебаний. Что она ожидала здесь найти? Серебристый «Фольксваген» с водителем за рулем? Неужели такое возможно? Неужели кто-то может быть настолько глуп, чтобы приехать в то же место после совершения преступления? Нет, конечно.

Но в том-то и заключалась разница между ее отношением к проблеме и отношением полковника Гурова. Она не была уверена в том, что совершено преступление. В ее сердце еще теплилась надежда, что ничего смертельно опасного с Паней не произошло. Несчастный случай? Возможно. Но не преступление. А вот Гуров, похоже, такой вариант даже не рассматривает. Это и не удивительно. Ему по статусу положено. Старший оперуполномоченный уголовного розыска только так и должен к делу подходить. Но ведь она не оперуполномоченный, со всем его негативным опытом, она-то не обязана рассматривать исчезновение Пани через призму криминальных очков!

Вот почему она приехала сюда, вот почему стояла в кустах, нарядившись в серый костюм и темные солнечные очки, как шпионка из второсортного кинофильма. Нина хотела выследить водителя серебристого авто. Что она будет делать, если тот действительно появится, она не знала. Может, просто подойдет и спросит, куда он увез Паню. Может, опять же как в детективных фильмах, поймает машину и будет следить за его передвижениями. Почему нет? Женщине это сделать проще. Сказала водителю, что подозреваешь мужа в неверности, он враз проглотит обман. Еще и посочувствует.

Лучше было бы заказать такси, но кто знает, сколько часов, а может, и дней ей придется здесь стоять? Дело даже не в деньгах, она готова платить за простой. Только вот как она будет выглядеть, если «Фольксваген» так и не появится? Дурой Фадеева даже перед незнакомыми людьми выглядеть никак не могла себе позволить. Пока не могла.

Была и еще одна причина, о которой Нина думать боялась, но все же думала.

Что, если самой напроситься в попутчики к водителю «Фольксвагена»? Что будет тогда? Возможно, она за одну поездку узнает все, что не смогли узнать хваленые опера за полмесяца работы. Риск есть, но не так уж он велик. Она ведь не с закрытыми глазами на это пойдет. Кто предупрежден — тот вооружен, так ведь говорят? А она предупреждена.

Вдоль аллеи, напротив наблюдательного поста Нины, остановилась «Газель» с будкой-рефрижератором. На боку яркими красками весело ухмылялся пингвин, окруженный горами мороженого. Водитель, он же экспедитор, он же грузчик, вышел из кабины и неспешно поплелся к киоску, торгующему мороженым. Продавщица высунулась из окошка и что-то прокричала немногочисленной очереди. Те зашевелились, сдвинулись в сторону.

«Разгружаться будет, — догадалась Нина. — Вот ведь приспичило ему. Теперь час простоит». Рефрижератор загородил обзор, практически полностью скрыв от Фадеевой автомобильную парковку. Мысленно выругавшись, она сменила позицию, переместившись влево. С этого ракурса можно было видеть лишь часть машин, и совершенно не видна подъездная дорога. Дальше аллея заканчивалась, а торчать на площади, как бельмо на глазу, было неразумно. Это понимала даже Нина, с ее мизерным опытом в сыскном деле.

Она перебралась ближе к киоску и попыталась рассмотреть, что происходит на парковке, в прогал между киоском и рефрижератором, но здесь обзор оказался еще хуже. Тогда она вернулась к концу аллеи, прислонилась к дереву и замерла. Часть парковки лучше, чем ничего. Занятая перемещениями, Нина не заметила, как с противоположной стороны от ствола такого же чахлого дерева оторвалась фигура мужчины и двинулась в сторону выезда. Впрочем, если бы она и увидела мужчину, ей бы и в голову не пришло, что он именно тот, кого она в течение нескольких часов так усиленно высматривала.

Слежка, или наружное наблюдение, как называли то, чем занималась Нина на протяжении нескольких последних часов, оказалась делом нелегким. Спустя два часа затекли ноги от долгого стояния на одном месте. Еще через час заныла спина, голова слегка кружилась от недостатка воды. Озаботиться тем, чтобы запастись водой и едой, она не подумала, сказывалась нехватка опыта.

Неизвестно, чем бы закончилось это стояние, если бы не полковник Гуров. Нину он увидел, как только вышел из машины, припарковав ее ближе к билетным кассам. Заметив темные очки и платок, к тому времени сползший с головы и вялым ошейником обрамлявший потную шею, он тут же понял, чем та занята. Ох и рассердился же он! Ну что за детский сад, что за самодеятельность! Вздумала в детектива играть. И с кем? С серийным убийцей!

Решительным шагом он направился к аллее. Нина заметила его лишь тогда, когда расстояние между ними сократилось до десяти шагов. Сперва она растерялась, спряталась было за ствол дерева, но потом поняла, что полковник ее уже увидел, так что все равно неприятного разговора не избежать, и прятаться передумала. В конце концов она свободная женщина и вольна находиться, где захочет и когда захочет.

— Это что за выкрутасы? — остановился в двух шагах от нее Гуров. — Нина Илларионовна, объяснитесь, пожалуйста.

— Я ничего не обязана вам объяснять, — памятуя, что лучшая защита — это нападение, ринулась в бой Нина. — И вообще, нет такого закона, который запретил бы мне здесь находиться.

— Закон целесообразности. — Поняв, в каком состоянии она пребывает, Гуров сбавил тон: — Простой закон целесообразности. Вы рискуете своей жизнью, ставите под удар себя. Кроме того, вы сводите на «нет» мои усилия. Да, да, мои усилия. Позвольте вам напомнить, не далее чем вчера вы сидели в моем кабинете и уговаривали взяться за розыск вашего жениха. Я согласился, а теперь вы занимаетесь самодеятельностью, даже не подумав о том, что тем самым можете навредить расследованию. Да снимите вы эти дурацкие очки!

— Это очень дорогие очки, — растерянно произнесла Нина, но очки сняла.

— Дорогие и нелепые в сочетании с теплым костюмом. Шерстяной костюм в тридцатиградусную жару! Как вообще можно было до такого додуматься? — Лев взял ее за руку и силком потащил к скамейке. — Садитесь. Сколько часов вы тут простояли? На вас лица нет.

— Не знаю, — честно призналась Нина. — Наверное, долго.

— И каков результат?

— Пусто, — уныло прошептала она.

— Я вызову вам такси.

— В этом нет необходимости, — возразила Нина. — Я сама доберусь до дома.

— Вы хоть что-то сегодня ели? — вдруг спросил Лев. — Вижу, что нет. Идти сможете?

— Я... У меня... Мне нужно отойти, — покраснев, пробормотала Нина.

— Туалет в центральном здании, — догадавшись, о чем идет речь, подсказал Гуров. — Не рыскайте по помещениям, лучше спросите у дежурного, где он располагается.

— Спасибо, — пролепетала она и быстрым шагом направилась к центральному зданию автовокзала.

Гуров остался сидеть на скамейке. «Короткий отдых и мне не повредит, — рассудил он. — Дождусь возвращения Фадеевой, объясню ей, насколько глупо то, что она задумала, потом и за работу примусь». Он взглянул на наручные часы. Стрелки приближались к двум часам пополудни. К этому времени он успел побывать на квартире Струбалина, благо располагалась она неподалеку от автостанции. Пожалев Крячко, на поквартирный опрос он отправился сам. Крячко же поехал в Сычево. Там, конечно, тот же опрос, только люди поспокойнее и на контакт идут куда охотнее городских.

Жил Струбалин в пятиэтажном доме старого жилого фонда на втором этаже. На фоне шикарных многоэтажек новой застройки дом смотрелся этаким лилипутом в стране великанов. Гуров же этому обстоятельству был весьма рад. Обходить дом в сорок пять этажей, это же свихнуться можно. А так он рассчитывал управиться часа за три. Будний день, рабочее время, плюс небольшое количество квартир. Возможно, Стас прогадал, остановив свой выбор на дачном кооперативе в Сычево.

Обход Лев решил начать с ближайших соседей Струбалина. Он поднялся на второй этаж, и тут ему снова повезло. Сосед, проживающий в квартире напротив, как раз вышел на лестничную площадку. К тому же он оказался человеком общительным, первым поздоровался, поинтересовался, кого Гуров ищет, а услышав ответ, заявил, что соседа нет дома, причем уже не первый день. «Вот кто мне нужен, — обрадовался Лев. — И Струбалина знает, и относительно его передвижений осведомлен. Однозначно, жизнью соседей интересуется. Может, и не придется по квартирам до одурения таскаться».

Так и вышло. Соседа Струбалина, подполковника железнодорожных войск в отставке, помимо общительности природа наделила хорошей памятью и наблюдательностью. Последний раз он видел Струбалина, когда тот уезжал на дачу. И не просто видел, но и пообщаться успел. Из дома Струбалин вышел с рюкзаком. Удочек при нем не было, но соседу он сказал, что собирается рыбачить на озерах. Мол, слышал, что щука хорошо пошла, грех не воспользоваться. Сосед про удочки спросил, Струбалин заверил, что в дачном домике есть все необходимое. С собой только кое-что пожевать взял, остальное уже на месте. Ехать планировал на попутке. Сам сказал, вернее, пожаловался, что на этот раз заранее не сумел попутчиков найти, так что придется ехать на автостанцию. Если повезет, найдет попутку там, а если нет, уедет на автобусе. С какой именно автостанции собирался ехать Струбалин, отставной подполковник не интересовался. Либо от метро «Тушинская», там людей побольше, либо от своей, из Мякинино.

Вопрос сбережений Струбалин с соседом не обсуждал, про врагов или недругов никогда не рассказывал, относительно женщин впечатлениями не делился, хотя сосед и видел его пару-тройку раз в компании приятной особы. Правда, давно это было, лет шесть назад. С соседями Струбалин жил дружно, скандалов не устраивал, музыку до утра не гонял, пьяных компаний не водил. В гости к соседям не напрашивался, к себе не зазывал. Покупок дорогостоящих, насколько знал сосед, тоже не планировал.

Из родни не осталось никого. Года полтора назад последнюю тетушку похоронил. Кстати, она ему дачу в наследство и оставила. Раньше он туда как гость ездил, а с прошлого сезона уже полноправным хозяином. Недовольных решением тетушки быть не могло, так как из кровной родни только Олег и остался. Жила тетушка там же, в Сычево, когда мог, Олег ее навещал, лекарства покупал, продуктами на неделю обеспечивал, хоть и необходимости в этом не было, тетушка до последнего дня сама себя обслуживала, и в магазин сходить было для нее вроде как развлечение.

На вопрос, не искал ли Олег покупателей на дачу, сосед ответил категорическим отказом. В дачном домике, вернее, в его реках-озерах, вся жизнь Струбалина заключалась. Такое не продается.

Сосед посоветовал пообщаться с семейной парой, проживающей на первом этаже. Вроде как Струбалин с ними дружил. На самом деле вся дружба сводилась к совместной починке рыболовных снастей. Перед каждым сезоном Струбалин соседу с первого этажа снасти налаживал. Олег в этом деле был виртуоз, любые снасти, какие бы сложные и капризные ни были, отладит так, что на весь сезон хватает. Сосед этим пользовался. Подкараулит Олега, когда тот с работы возвращается, выскочит к подъезду и давай «окучивать», уговаривать снастями заняться. Тот поломается-поломается да и согласится. Дня два-три в гараже на заднем дворе зависают, пока все снасти в порядок не приведут. Ну, и болтают, разумеется.

Однако семейную пару Гуров дома не застал. Открыла ему престарелая бабка, заявила, что живет с внучком и его женой, сообщила, что раньше восьми вечера ни он, ни его жена не вернутся, и дверью хлопнула.

Гуров честно обошел весь подъезд. Застал дома двух парней-подростков, которые про Струбалина слыхом не слыхивали, еще одну бабульку, молодоженов с пятого этажа и женщину в возрасте, проживающую как раз над квартирой Струбалина. Ничего, о чем бы не рассказал отставной подполковник, узнать не удалось. С этим он и ушел.

Благодаря встрече с отставным железнодорожником Лев сэкономил массу времени и теперь собирался потратить его с пользой, а именно, произвести опрос сотрудников автостанции, включая продавщицу мороженого. Если повезет, кто-то из них да вспомнит «Фольксваген» и его владельца.

Но сначала нужно решить вопрос, что делать с Ниной.

Фадеева вернулась спустя десять минут с бутылкой минеральной воды в руке и чебуреком, завернутым в бумажную салфетку. От боевого настроя не осталось и следа. Плечи опустились, взгляд потух, уголки губ сложились в скорбную линию. На свои тридцать семь она никак не тянула, скорее уж на пятьдесят, да и то с натяжкой.

— Что так смотрите? Старуха? — словно прочитав мысли Гурова, усмехнулась Нина. — Не смущайтесь, сама знаю, что старуха. В туалете зеркало большое.

— Отдохнете, и все в норму придет, — попытался успокоить ее Лев. — Вы просто понервничали, переутомились — и вот результат. Да еще разочарование приплюсовалось. Не стоило вам самовольничать. Посоветовались бы со мной, я бы объяснил, почему затея ваша пустая и даже небезопасная.

— Я подумала, так будет лучше. Он меня не знает, на полицейского я не похожа. Стоит одинокая баба, платком голову прикрыла, очки напялила: что это может означать? — разоткровенничалась Нина. — Что мужик у этой бабы загулял, а она его поймать на месте преступления хочет. Четверо из пяти такой вывод сделают, разве нет?

— Тут вы, пожалуй, правы, — не смог не согласиться Лев. — Только вот насчет водителя «Фольксвагена» вы можете ошибаться. Вполне возможно, что он вас запомнил.

— Да как бы он мог? Одно дело, если бы мы с Паней вместе сюда приехали, а потом бы он от меня ушел и сел в машину того типа, тогда бы можно было предположить, что водитель на нас внимание обратил и запомнил. А так по какому признаку он мог нас связать?

— Помните, как кричали на весь вокзал: «Паня, Паня!» и руками махали? — напомнил Гуров. — Паранин вас не услышал, мысли обидой заняты были, а водитель мог и заметить. И крик ваш со своим попутчиком связать, и за взглядом проследить. Может, не сразу понял, что вы его попутчика выкрикивали, но догадаться мог. И сегодня, здесь вас увидев, мог предположить, что вы его ищете. Не жениха своего, а того, кто жениха в неизвестном направлении увез.

— Об этом я как-то не подумала, — призналась Нина. — Простите, Лев Иванович, поступок и правда глупый.

— Хорошо, что вы это поняли. Надеюсь, в дальнейшем, если вас вдруг посетит подобная идея, прежде чем ее осуществлять, вы обязательно посоветуетесь со мной. Договорились?

— Хорошо, — кивнула Нина.

— Вот и славно. А сейчас я вызову вам такси, — произнес Лев, доставая телефон.

— Не нужно, я доеду на метро. Не хочу садиться в машину к незнакомцу. — Нина слегка смутилась, но взгляд его выдержала.

— Дело ваше, — уступил он. — Пойдемте, я провожу вас до метро.

И снова ни тот, ни другая не заметили наблюдателя, который провожал их недобрым взглядом. Спускаясь в подземку, Гуров привычно обвел глазами площадь, даже на какой-то недолгий миг задержал взгляд на следившем за ними мужчине, но проскочил дальше. Мужчина ухмыльнулся, грязно выругался, наградив полковника нелестным эпитетом, и покинул наблюдательный пост. «Якши! На сегодня хватит, иначе примелькаешься, — объявил он сам себе. — Шевели булками да не светись без нужды».

Опрос сотрудников автостанции Гурову пришлось в очередной раз отложить. В подземке Нине внезапно стало плохо, лицо ее покрылось испариной, в глазах потемнело, и он едва успел сориентироваться, чтобы вовремя подхватить ее на руки. Тут же налетели сердобольные «помощники», начали давать советы, подсовывать лекарства и требовать вызвать медиков. К счастью, в бестолково суетящейся толпе нашелся один настоящий врач. Он велел уложить Нину на скамью, ослабил ей ворот блузки, отер лицо и шею влажным платком и сунул какую-то таблетку под язык. После этих манипуляций она пришла в сознание, но посадить Нину в вагон Лев уже не решился. Пришлось доставить ее домой на машине.

Передав Фадееву на попечение соседей, он собрался заняться своими делами, но тут позвонил Валерка Жаворонков, сказал, что подготовил список владельцев «Фольксвагенов», следом проявился Крячко, и тоже с новостями. Так и вышло, что осмотр автостанции и опрос сотрудников отошел на второй план. Пока Гуров добирался до Петровки, Крячко успел разложить кандидатов в подозреваемые на четыре отдельные стопки.

По поездке в Сычево отчет получился сухим и коротким. Соседи Струбалина делами его не интересовались, а сам он общался только с рыбаками, каковых среди дачников оказалось немного. До дачного домика на машине Струбалин доезжал нечасто. Оно и понятно, когда едешь на попутке, вряд ли тебе светит доставка до подъезда. Но Струбалина это не смущало. Пройтись пешком пару километров от шоссе несложно, а в хорошую погоду даже приятно. Сам Крячко охарактеризовал свою поездку пролетной и перешел к информации, добытой лейтенантом Жаворонковым.

— Списки просмотри. Вроде ничего не упустил, — пододвинул Стас напарнику четыре стопки с данными по владельцам «Фольксвагенов».

— По какому принципу формировал? — просматривая ближайшую стопку, поинтересовался Лев.

— Изучив материалы, выделил четыре категории, — начал Крячко. — В первую вычленил тех, у кого, так сказать, кристальная биография. Без судимостей, без приводов, без аварий и почти без штрафов. Их можно оставить напоследок, если уж все остальные окажутся нерезультативными.

— Не скажите, товарищ полковник. — Лейтенант Жаворонков на правах добытчика информации принял самое живое участие в обсуждении. — Вспомните дело елоховского маньяка. Уж такой он весь правильный-расправильный был, а в итоге вышло, что эта правильность ему мозг и продырявила.

— Ну, ты скажешь — маньяк. У елоховского психике трындец настал. Этот же просто паникер, — заявил Крячко.

— Хорош паникер, минимум двоих из строя вывел, — горячился Жаворонков.

— Не факт, что двоих. Паранина твоего еще не нашли? Не нашли. Следовательно, считать его мертвым, а тем более убитым мы права не имеем. Это раз, — начал загибать пальцы Стас. — Насчет Струбалина тоже доказательства слабые. На кисти краска? Допустим, но как она появилась? И как связана с его смертью? Вопрос. Сама смерть, по сути, тоже не насильственная. Непредумышленное — это все, на что дело тянет.

— По версии следователя, рана на кисти очень даже взаимосвязана с событиями, спровоцировавшими смерть.

— По версии, мой друг, только по версии. А хочешь, я тебе другую версию обрисую? Твой Струбалин сел в «Фольксваген», в какой-то момент водитель решил, что попутчик ему не нужен, и потребовал, чтобы тот вышел из машины. Но Струбалин, привыкший ездить чуть ли не на халяву, такому предложению не обрадовался. Он вцепился в стойку у пассажирской двери и ни в какую не хотел отпускать водителя. Что тому оставалось? Только лупить дверцей по кисти, пока пальцы не разжались. Далее водитель уезжает, а у Струбалина наступает этот самый отек гортани. Может, он сам лекарства перепутал и выпил снотворное вместо антигистаминного. И медку хватанул уже после того, как из машины его вытурили. Или...

— Так вы до чего угодно договориться можете! — Жаворонков уже почти кричал. — Не может такого быть, товарищ полковник! Не может, и все! По-вашему, Струбалин идиот? Сам себя траванул, сам в канаву скатился. Просто так, для смеха.

— Брейк, господа, брейк! — решил вмешаться в спор Гуров. — Давайте не будем уходить от темы. Перед нами стоит конкретная задача: найти владельца автомобиля «Фольксваген» пятого поколения, цвета «серебристый металлик», с двухцветным бампером и сколом на левом заднем крыле. Вот этим мы и займемся, а решать, кто кого и когда отравил, будем после.

Стас охотно тему сменил. Жаворонков еще какое-то время бурчал себе под нос, раздосадованный скептицизмом Крячко, но вслух больше не высказывался. Гуров просмотрел первую группу и перешел ко второй. Здесь Крячко собрал владельцев авто с просроченной страховкой. Таких набралось немало. Стас успел проконсультироваться по этому вопросу с компетентными людьми. Они сообщили, что ничего удивительного в данном факте нет. Авто старые, пробег большой. У кого-то движок застучал, у кого-то коробка передач из строя вышла или другая беда машину ушатала. Такие экземпляры обычно продают на «донорские органы» для подобных авто, которые еще на ходу, а «донорам» страховка не нужна.

Третья группа получилась поинтереснее, но малочисленнее. Три авто с большим количеством штрафов. На них Крячко ставку делать не советовал. Если машина часто попадает в сводки ГИБДД, использовать ее с целью совершения преступления както глупо. Эти деятели со своими машинешками гаишникам глаз намозолили, в любой базе в первых строках фильтруются. Риск оказаться пойманным слишком велик.

Четвертая группа состояла всего из двух человек, семидесятилетнего Владислава Худошина, ранее судимого за вымогательство с применением холодного оружия, и тридцатичетырехлетнего Леонида Зуба, также ранее судимого. Статья у Зуба криминальная, но не убойная.

Восемь лет назад Леонид Зуб решил поправить материальное положение за счет бывших коллег по работе. Самой работы он лишился за прогулы месяцев за шесть до совершения преступления. Обозлившись на весь мир, а может, банально из-за нехватки денег он похитил одного из коллег, вывез его в лес и силой заставил перевести на свой счет круглую сумму денег. Получив желаемое, Зуб не отпустил коллегу, а оставил в лесу, в заброшенном охотничьем домике. Сам же поехал за вторым коллегой.

С этим ему не так повезло. Мужик оказался тертый, на «сказки» Зуба не купился. Предложение заработать по-быстрому, которым Зуб заманил в лес первую жертву, показалось бывшему коллеге подозрительным. Как только Леонид его не уламывал: и адрес «шабашки» называл, и «заказчику» при нем звонил, используя для этой цели телефон одного из собутыльников, и даже деньги на счету, якобы за предыдущий калым заплаченные, показывал, все без толку.

В конце концов он совершил стратегическую ошибку, назвав имя первой жертвы в качестве гаранта законности предприятия. Это его и сгубило. Сообразительный коллега сложил два и два, получил отличные от зубовских «сказок» четыре и пошел в полицию. Зуба взяли по горячим следам. Первую жертву освободили, деньги со счета Зуба вернули, а на него завели уголовное дело. Прокурор просил по максимуму, но суд вынес свое решение: пять лет лишения свободы.

Свои пять лет Зуб отсидел, как говорится, от звонка до звонка и вышел на свободу около трех лет назад. За это время сменил с десяток рабочих мест, но задержаться где-то надолго так и не сумел. Сейчас числился временно безработным. Проживал Леонид Зуб в частном доме в небольшой деревушке Московской области. Чем жил последние шесть месяцев, еще предстояло узнать.

— Я так считаю, Лева: Худошина, хоть он и стар, как саксаул, со счетов не сбрасываем, вполне возможно, что он еще очень даже силен. С «бабками» голяк случился, он за старое и взялся, — заговорил Крячко, как только Гуров дочитал последний лист отчета.

— Согласен, Худошина навестить нужно, — поддержал Лев напарника. — Его я возьму на себя, а ты езжай к Зубу.

— С остальными что?

— Агейкина и Ярцева отправим проверять списки, — подумав, ответил Лев. — Пусть ищут «Фольксваген» со сколом и двухцветным бампером. Пойдут подряд по списку, проверят всех без исключения.

Работа нудная, времени займет много, вот пусть они нас от этой тягомотины и избавят.

— Годится, — повеселел Станислав.

— А мне что делать? — напомнил о себе Жаворонков.

— Тебе, Валера, достается самое сложное, — похлопал Лев лейтенанта по плечу.

— Я готов, — воодушевился тот, не почуяв подвоха.

— Вот и славно! — Крячко легко догадался, о чем идет речь, поэтому готовность Жаворонкова его развеселила.

— Что смешного? — обиделся Жаворонков. — Я действительно готов. Только скажите, что мне делать?

— А ты не понял? — веселился Крячко. — Эх, молодо-зелено. Тебе, Валера, придется ждать!

Жаворонков перевел недоверчивый взгляд на Гурова, но по его лицу понял, что именно об этом тот и вел речь. Настроение у лейтенанта тут же скатилось до нуля.

— Лев Иванович, позвольте мне хоть часть из списка проверить. Неужели думаете, что я хуже Агейкина с Ярцевым справлюсь?

— Пожалуй, не хуже, — согласился Гуров. — Ладно, Валера, бери себе первую группу. Проверишь «отличников», тем более что ты к ним доверия не испытываешь, значит, работу проведешь тщательно.

На этом и разошлись. Гуров проинструктировал помощников относительно рабочей задачи, и те, хоть и с неохотой, отбыли выполнять повинность. Жаворонков уехал первым, за ним следом Крячко. Гурова задержал генерал, потребовав таки отчет, но через тридцать минут отбыл и он.

ГЛАВА 6

Худошина Лев нашел во дворе его дома. Седенький старичок сидел за столом под раскидистым вязом и, как простой обыватель, играл в шахматы с такими же, как он, старичками. У стола собралось человек шесть любителей интеллектуальных игр. Худошин занимал почетное место на самодельном деревянном кресле, больше похожем на трон. Его противник примостился на колченогом табурете, остальные пристроились, кто где сумел. Узнал его Гуров по многочисленным наколкам. На дряблой старческой коже тюремные наколки выглядели неуместно, вызывая ассоциации с линялыми простынями, которые нерадивая хозяйка без зазрения совести вывесила во дворе на всеобщее обозрение.

Здесь же неподалеку стоял и «Фольксваген». В отличие от своего хозяина, выглядел он почти как новенький. Серебристая краска, отполированная специальной мастикой, играла на солнце. Гуров обошел машину по кругу. Скола на крыле не увидел, бампера с двухцветной раскраской тоже. Его интерес к чужой машине не остался незамеченным. Не прошло и двух минут, как от стола для игры в шахматы прозвучал грубый окрик:

— Эй, мудила, какого возле моей машины трешься?

Кричал, разумеется, сам владелец. Лев оглянулся, приветственно махнул рукой, но на крик не ответил и к компании присоединяться не торопился. Тогда старик остановил партию и сам заковылял к незнакомцу.

— Ну, и чем тебя моя колымага заинтересовала? — поравнявшись с ним, спросил он.

— Полковник Гуров, уголовный розыск, — негромко представился Лев.

— Я понял, что не институт благородных девиц. Чего надо, спрашиваю?

— Гражданин Худошин, верно?

— Если знаешь ответ, на хрена спрашиваешь? — Фразу Худошин приправил крепким словцом, желая, как в былые времена, выглядеть крутым.

— Машина на ходу? — не обращая внимания на грубость, задал новый вопрос Лев.

— А ты как думаешь? — Худошин пристроился на капот, уперся руками в крышку и прищурился. — Никак покататься решил?

— Как давно выезжали на нем за город? — На провокации бывшего зэка Гуров реагировать не собирался. — Назовите точную дату.

— Не обязан! Ты мне не кум, чтобы я перед тобой отчет держал.

— Этот автомобиль проходит по ориентировке в связи с расследованием похищения человека, — чуть сгустил краски Гуров. — Могу дать делу официальный ход, прийти с ордером на обыск и задержание. Хотите провести пару-тройку дней в СИЗО?

— Было бы не хреново воздухом камеры подышать, — мечтательно закатил глаза Худошин. — Давненько я к «куму» не ходил. Да только возраст уже не тот, верно, мент? Не от сырости, так от жрачки казенной загнусь. Так что давай без крайностей. «Фольсик» мой с полгода как не на ходу, свидетелей получишь с пару дюжин. Угонять его никто не угонял, вот и думай, стоит со мной заморачиваться?

— На вид машина в хорошем состоянии, — заметил Лев. — Почему не на ходу?

— Двигло подвело, — стукнул кулаком по капоту Худошин. — На тросе дотянули добрые люди. А починить — «бабок» не хватает. Теперь либо на запчасти, либо сгниет здесь. А что вид ухоженный, так жалко тачку, вот и слежу. Считай, хобби такое.

— Сами где запчасти брали?

— Магазинчик есть уютный, — почему-то разоткровенничался бывший зэк. — Тамошний хозяин фанат немецкого автопрома, у него любой ремкомплект найти можно. В крайнем случае получишь под заказ, но чаще — в наличии. Из москвичей, кто за немецкой тачкой реально следит, каждый этот магазинчик знает.

— Адресом поделитесь?

— Легко. У станции метро «Тушинская», два квартала вниз, в высотке. Работает круглосуточно. В день наемные продавцы стоят, в ночь сам хозяин торговать выходит.

— Спасибо за помощь, — искренне поблагодарил Гуров.

— Кто бы мог подумать, что я ментам помогать стану, — задумчиво глядя под ноги, проговорил Худошин. — Видать, совсем старый стал.

— Будем считать, что этого не было, — улыбнулся Лев.

— Езжай уже! — махнул рукой Худошин и заковылял обратно к столу.

Гуров сел в машину и выехал со двора. Он еще не решил, стоит ли обращаться к владельцу автомагазина, но на заметку адрес взял. Тот факт, что располагался он в том же районе, откуда уехал Паранин, показался ему значимым. «Сгоняю в Мякинино, потом и в магазин заскочить можно», — решил он. И снова его планам не суждено было сбыться. Два квартала не проехал, как зазвонил телефон. На связь вышел Крячко. Лев съехал на обочину, заглушил двигатель и только после этого ответил на звонок.

— Лева, бросай все! — Возбужденный голос рвал барабанные перепонки. — Похоже, мы нашли его!

— Спокойнее, Стас. Объясни, в чем дело и куда гнать.

— А вот это самое интересное. Угадай, куда переехал Леонид Зуб три месяца назад?

— Загадками не говори, знаешь же, я этого не люблю, — осадил его Гуров.

— Ладно, ворчун, слушай хорошие новости. Да не забудь потом, кто тебе их добыл, — сдался Крячко. — Приехал я в Мытищи, пошел на квартиру Зуба, а соседи мне и выдали: уехал, говорят, ваш уголовничек. Квартиру продал и уехал. Три месяца как люди живем, ни пьянок, ни гулянок. Ну, я к участковому. Куда, мол, Леонида Зуба подевали. Он в базе покопался и на листочек мне адресок Зуба срисовал. Взял я его в руки и обалдел! В Локотне наш Зуб обосновался. Усекаешь?

— Локотня — это же деревня, возле которой у Паранина дача, — задумчиво протянул Гуров. — Возможно, всего лишь совпадение. А может, и нет, проверять надо.

— Даже не начинай! — уловив настроение напарника, выпалил Крячко. — Таких совпадений не бывает, Лева. И ты не хуже моего это знаешь. Выбрасывай все сомнения из головы и дуй в Локотню. Я тоже туда еду. Лева, это удача, поверь мне. Машина, судимость, местность — все совпадает. Наш человек, точно тебе говорю.

Спорить Гуров не стал. К чему? Проверять все равно придется, так почему не сейчас? Он бросил телефон на пассажирское сиденье, снова завел двигатель, скорректировал направление и поехал в Локотню.

Душный подвал притягивал, как магнит. Как давно он вернулся со своей «прогулки»? Понять невозможно, солнечный свет сюда не пробивается, а внутренний счетчик времени здесь не работает. Время будто замирает. Нет, не замирает — растягивается и сжимается одновременно. Одна минута здесь длится как год, а час порой пролетает, словно мгновение. Отчего так выходит?

Он знал отчего. Мозги подгнили, вот отчего. По этой же причине он полдня проторчал на автостанции. Если бы не бабешка в темных очках и платке, он снова сделал бы то, чего делать не следует. Но бабешка спутала все карты. Зачем она туда приперлась? Одного из клиентов высматривала? Не может поверить, что ее, такую холеную кобылку, мужик может просто бортануть? Скорее всего. А что, если она высматривала его? Что, если она все знает?

Нет, не может этого быть. У такой тупой курицы мозгов не хватит вычислить его схему. Ни у кого мозгов не хватит, даже у того хлыща, что за ней прикатил. Кто он ей? Брат, друг, бывший любовник? Скорее всего брат, вон как заботливо в машину подпихивал. А она совсем сомлела. Еще бы! Столько времени на солнцепеке без глотка воды. Он следил, знает. Глаза у ее провожатого — огонь. Чуть-чуть его не зацепил. Если бы о бабешке не думал, наверняка засек бы. Хотя...

Мысли отвлек зуд в ладонях. Последнее время кожа чесалась все сильнее и чаще. Может, заразу какую-то подцепил от клиентов? Или в земле много возился. Пришлось в аптеке мазь купить, так зуд допек. Мазь помогала лишь на короткое время, потом все начиналось снова. Когда сидел в подвале, было терпимо, но там, наверху, этот зуд просто сводил с ума.

— Долго я так не выдержу, — объявил он вслух сам себе. — Надо что-то придумать. Срочно.

А что тут придумаешь, кроме проверенного способа? Но сейчас выходить опасно. В Лотошине труп нашли, тот клиент все-таки дал дуба. Зря он его выкинул, только внимание привлек. И как это он так просчитался? На вид мужик крепкий, без изъяна. Самое то для его нужд, и вдруг такое. Когда задыхаться начал, он еле сдержался. Инстинкт самосохранения, видать, сработал, иначе не сидеть ему сейчас в любимом подвале.

— Хорошо еще, крюк дал, подальше от дома увез. — Он снова заговорил вслух, общение с самим собой вошло уже в привычку. — Может, место новое найти? Переместиться на пару десятков километров, и все путем будет? Черт, делать что-то надо, скоро и эти посиделки не помогут. Что тогда? На дорогу выходить?

Нет, на дорогу он выходить не будет. Скорее сам себя покалечит, вон какие борозды от клинка на ладонях. Заживать еле успевают, а все потому, что клиент крепкий давно не попадался. Обмельчал нынче народ, одряхлел. И осторожный стал. Даже халява, и та не всегда срабатывает. Бояться за свою шкуру стали. А чего там беречь, у каждого второго жизнь беспонтовая. Тянут лямку, а зачем, для кого? Неизвестно.

Вот раньше была жизнь... Планы, намерения, цели, проекты... Мечты, желания, замыслы... И почти все успевали осуществить. И удовлетворение получали, жесткий кайф, легкий драйв, кому что приятнее. Сейчас не то. Люди жить стали как сосиски: либо в морозилке околевают, либо в кипятке скручиваются. И то, и то — не круто. До недавнего времени и он так жил. Ел, спал, в огороде копался, с дружками о бабах трепался. Вроде и живет, а кайфа нет. Потом все изменилось. В один момент.

Этот день он помнил до мельчайших подробностей. Специально в памяти воскрешал, чтобы снова и снова насладиться тем кайфом. И ведь насладился. Только кто знал, что на этот кайф, как на героин, с первой дозы подсаживаются? Он подсел, и подсел капитально. Сейчас бы остановиться, бросить, но как? Жить без этого уже совсем невмоготу.

— А жить-то хочется. Теперь сильнее, чем прежде. Поэтому надо что-то придумать, пока до смерти себя не изрезал.

Последнюю фразу он произнес неспроста. Острый нож снова начал полосить по земляному полу, прочерчивая глубокие борозды. По спине побежали привычные мурашки, а это означало, что, пока до крови не дойдет, он уже не остановится.

— Да и хрен с ним! — Он подтянул лезвие ближе к костяшкам пальцев. — Две-три новые полоски не повредят. Зато зуд пройдет.

Почему-то на память пришел последний из клиентов. Рыбак, кажется. Ох он зануда! Час про рыбу да про наживку талдычил. Видел ведь, что ему на рыбу плевать, но все равно продолжал. Вена у него на шее билась так, что смотреть на нее было одновременно и сладко и муторно. Кровь по ней текла сильно, прерывисто. Три удара, резкая остановка, потом еще два удара, и снова остановка. А размер — корова позавидует. В палец толщиной.

Потом, когда задыхаться начал, она совсем взбесилась. Такое вытворяла, до сих пор перед глазами стоит. Он тогда за рулем сидел и все думал: каково это будет, если чиркнуть по вене самым кончиком его орудия? Фонтан или ручей? Почему-то он представлял себе фонтан. Густая теплая кровь брызжет вперед и вверх. Это и остановило, побоялся машину запачкать, а ведь знал, что по вене фонтана не должно быть. Знал, но в тот момент не вспомнил.

И хорошо, иначе не сидеть бы ему на земляном полу в душном подвале, не чертить острым лезвием по потной ладони. Кровь уже проступила. Маленькие капельки только-только начали стекаться в ручеек, а в голове зашумело. Что это? Дурнота для него — дело непривычное. Может, реакция на погоду? Жара стоит адская, а тут еще и влажность. Или что-то другое?

— Ладно, потом разберемся. Надо выбираться отсюда, пока окончательно не прихватило.

Он встал с земляного пола, отбросил в сторону орудие. Лезвие наполовину вошло в землю и зашаталось из стороны в сторону. Тошнота усилилась. Он поспешно отвернулся, прижал травмированную ладонь к животу и поспешил наверх. Там произвел привычную процедуру. Вымыл руку в рукомойнике, залил перекисью. Доплелся до постели и рухнул прямо поверх одеяла.

Пару минут голова кружилась сильнее, чем с похмелья. Вертолетики не просто летали перед закрытыми глазами, они превратились в «Мессершмитты» и носились по кругу, вызывая позывы к рвоте. Тошноту он сдержал, постепенно ослабли и «Мессершмитты». Спустя полчаса он спал крепким сном, подложив, как младенец, ладони под щеку.

— Ты только подумай, Лева! Все сходится, понимаешь, все! Этот Зуб переехал в Локотню три месяца назад, а накуролесить успел, мама не горюй! Что ему стоит провернуть свою гнусную операцию, чуть изменив окончательный вариант? Да ничего не стоит. И фантазии применять не нужно.

— Погоди, Стас, не кипятись! Косвенные улики — это еще не доказательства. И тот факт, что Зуб, выйдя из заключения, примерным мальчиком не стал, сам по себе ни о чем не говорит.

— Да как же не говорит, Лева! Очень даже говорит. Тебе просто по какой-то совершенно непонятной причине не хочется, чтобы маньяком был именно Зуб. А почему? Вот объясни мне! Нет, ты не отворачивайся, брови не хмурь, ты аргументы приводи, аргументы!

Спор между напарниками происходил посреди поля на пыльной дороге, ведущей к Локотне. К выезду они подъехали практически одновременно, правда, Крячко до этого успел сгонять в Локотню, отыскать дом Зуба и пообщаться с соседями. Те охотно просветили полковника насчет житья-бытья нового домовладельца, к тому же и телефоном участкового снабдили, чтобы Крячко мог получить подтверждение их словам из компетентных уст, что тот не преминул сделать. Усидеть на месте, имея на руках убойную информацию, он уже не мог и решил поехать навстречу другу.

Стас всего на несколько минут опередил напарника. Он остановился перевести дух и собраться с мыслями, когда на дороге показался автомобиль Гурова. И если Крячко чувствовал воодушевление и был на сто процентов уверен, что дело Струбалина сегодня же и завершится, то Гурову перспектива не виделась настолько радужной. Отсюда и вышел спор.

— Автомобиль Зуба мы еще не видели, — привел первый аргумент Лев. — Если приметы не совпадают, придется копать дальше.

— Говорю же тебе, Зуб этот — тот еще фрукт, только за последнюю неделю дважды обворовывал соседские огороды. Согласен, брал сущую ерунду, помидорчики-огурчики, но тащил-то их на базар! Это значит, что с деньгами у него совсем туго. А промышляет он чем? Чермет по деревням собирает и в пункты приема сдает. Это тебе ни о чем не говорит?

— У пьющих людей других занятий не бывает, только шабашки.

— Вот он и нашел себе новую шабашку, побогаче чермета. Он же по всей округе ездит, запросто мог и Паранина, и Струбалина подцепить. А вообще, я думаю, на автовокзал он специально приезжал, чтобы попутчика побогаче поднять.

— И чем же он у них особо поживился? Деньги с карты Струбалина никто не снимал. С карты Паранина, кстати, тоже.

— Так ему, может, налички достаточно. С переводами и картами он в прошлый раз так попал, что больше связываться с ними не желает, вот тебе и ответ.

— Ради пары сотен человека похищать? Это до какой степени цинизма дойти нужно?

— До какой степени синевы, ты хотел спросить. А я тебе отвечу: соседи в один голос твердят, что пьет Зуб, не просыхая.

— Как же он на машине через все посты гоняет? Или он заговоренный, его дэпээсники не тормозят?

— Может, и не тормозят, с алкаша что взять, а может, он перерывы делает. — Крячко на секунду запнулся и снова ринулся в атаку: — А ты думаешь, ему не по барабану, пьяным ли, трезвым ли за руль садиться? Да у него вместо совести бутылка выросла. Хорошо, если пустая.

— Чего зря спорить, поехали в Локотню, осмотрим дом, — устав пререкаться, предложил Лев. — Если у Зуба рыльце в пушку, наверняка доказательства найдем.

— Так у тебя же ордера нет, — напомнил Стас.

— Разберемся, — отмахнулся Гуров.

Десять минут спустя они входили во двор дома Леонида Зуба. Машины ни у ворот, ни во дворе не было. Сосед, коротконогий мужичок лет сорока, сообщил, что Зуб еще в пять утра уехал «на заработки». По наблюдениям того же соседа, вернуться он должен был не раньше пяти часов вечера. Это если с «уловом» повезет, а если нет, то и до следующего дня задержаться может.

Дом, в котором обосновался Зуб, напоминал скорее избушку Бабы-яги из сказок Роу, чем жилое помещение. Деревянные стены почернели от старости и дождей, большая часть досок покрылась плесенью.

Над дальней частью дома крыша провалилась внутрь, образовав внушительную воронку. Окна давно забыли, что такое стекло, довольствуясь фанерным заменителем. Стекло сохранилось только в одном окне, и то чудом держалось на полусгнившем штапике. Дверь рассохлась так, что повесить на нее хоть какой-то замок было нереально.

— Вот видишь, и ордер не нужен, — кивком указал на открытую дверь Лев. — Раз не на замке, значит, мы всего лишь с визитом. Ну что, ты — сарай, я — дом?

— Давай лучше вместе. Сперва дом, потом сарай. Так спокойнее будет, — внес свое предложение Крячко.

В дом Гуров вошел с опаской, мало ли, еще крыша на голову упадет. Крячко следовал за ним по пятам. Из сеней они вышли в кухню, на удивление чистую.

— Гляди-ка, парень-то уборкой не гнушается, — присвистнул Крячко. — Ладно, бутылок нет, сдали все, но грязная посуда где? Даже у меня в кухне такая чистота нечасто бывает.

— Уже начал видеть в Зубе положительные черты? — подначил его Гуров.

— Нисколько, — не растерялся Стас. — Бабу небось нашел, она здесь и шустрит. В чем его заслуга?

— Ладно, эксперт, осмотри чулан, а я в комнату попытаюсь пробраться. Если что, вытащишь меня из-под завала?

— Подумаю, — пошутил Крячко и скрылся в чулане.

Гуров осторожно пробрался в аварийную комнату. Ему хватило беглого взгляда, чтобы понять, что в комнате давно никто не бывал. Толстый слой пыли покрывал пол и немногочисленную мебель, чудом сохранившуюся после обвала крыши. И все же он обошел комнату по периметру, скорее для очистки совести, чем в надежде отыскать личные вещи пропавших. Спустя пять минут они с Крячко вновь встретились в кухне.

— Пусто? — спросил Стас.

— И у тебя? — догадался Гуров.

— Пойдем в сарай, может, там повезет.

Но и в сарае никаких признаков, что Зуб промышлял разбоем, им обнаружить не удалось. Старые покрышки, травяные мешки и куча железок непонятного происхождения — вот и весь их улов. Во двор вышли, там уж сосед дожидается. Глаза хитрые, так по двору и рыскают.

— Что, нечем поживиться? — то ли пошутил, то ли подколол он. — Сегодня уж навряд ли вернется. Шесть часов, не его время. Либо напился где-то, либо забрался так далеко, что смысла нет обратно в ночь гнать. Помяните мое слово, завтра к вечеру заявится.

Гуров махнул Крячко рукой, мол, пора закругляться. Тот, хоть и нехотя, поплелся к машине. Сосед семенил за ними следом.

— Передать, что ли, Леньке-то? — с ехидцей в голосе спросил напоследок.

— Что передать? — уточнил Гуров.

— Ну, что вы приезжали, искали его, — прикинулся дурачком сосед.

— Я те передам, — услышав эти слова, высунулся из машины Стас. — Только пикни, тут же пятнадцать суток тебе организую.

— Ладно, ладно, шуткую я так, — осклабился сосед. — Разве ж не понимаю, что вы вроде как инкогнито приезжали. Ни слова Леньке не скажу, будьте спокойны. И про обыск промолчу.

— Тебе что, мужик, зубы улыбку жмут? — разозлился Крячко.

— И чего это мы такие нервные? — Сосед отбежал к забору, чтобы в любой момент успеть захлопнуть калитку. — Шуток вообще не понимаем? Говорю же, шуткую. В деревне жизнь скучная, а тут такая возможность. Грех не воспользоваться.

— Смотри, мужик, я ведь серьезно. Знаю места, где таким, как ты, зубы выравнивают, — пригрозил Стас.

Гуров завел двигатель, машина плавно тронулась с места. Крячко пристроился за ним. Сосед стоял у калитки, радостно улыбался и махал им на прощание рукой.

— Вот ведь балагур, — не выдержав, рассмеялся Стас, который и сам любил похохмить.

По дороге заехали к участковому, велели приглядеть за домом Зуба и, как только тот появится, сразу звонить, даже если тот ночью заявится. Подавив вздох, участковый пообещал организовать у дома Зуба круглосуточное наблюдение. Памятуя о том, что в области на несколько деревень из стражей правопорядка один участковый на несколько населенных пунктов, Гуров не стал уточнять, каким образом тот сумеет сдержать обещание. Сказал, устроит, значит, устроит. К тому же сам он собирался послать участковому помощников. Агейкин с Ярцевым вряд ли за один день все списки сумели проверить, но ведь и они с Крячко, можно сказать, освободились. Пройдут по спискам сами, а двух помощников отправят в Локотню. Когда миновали кольцо, Лев вдруг вспомнил, что так и не попал на автостанцию, и посигналил Крячко, тот остановился.

— Езжай на Петровку, — скомандовал он. — Отправишь лоботрясов в Локотню, сам свяжешься с Жаворонковым. Надо проконтролировать, чего он там успел напроверять. А я поеду в Мякинино. Хватит уже откладывать, так нам и месяца не хватит всех свидетелей опросить.

— К генералу на доклад тоже мне идти? — заворчал Стас.

— Сходишь, не развалишься, — хмыкнул Лев. — Давай, друг, я в тебя верю!

Крячко поехал прямо, а Гуров вырулил на дорогу, ведущую к Мякинино. На станции он прошелся по ларькам, предъявляя продавцам фотоснимок «Фольксвагена», подходящий под описание, которым его предусмотрительно снабдил Жаворонков. Продавцы, уставшие от толкотни возле окон выдачи товара, охотно брали перерыв, неспешно изучали снимок, задавали кучу ненужных вопросов, но по существу дела сказать ничего не могли. Работы много, головы поднять некогда, объясняли они свою невнимательность.

Продавщица мороженого, чей ларек стоял ближе всех к парковке, от которой серебристый седан увез Паранина, и та не смогла помочь Гурову. Охраны на парковке не было, а обращаться к водителям рейсовых автобусов было все равно что просить слепого перевести старушку через дорогу. И все же он пошел по ним. Те на просьбу Гурова отзывались не так охотно, как ларечники. У них перерыв законный, до определенного времени ни один пассажир не докучает, а тут опер со своими проблемами. Вопросы задает, фотку под нос сует, мозг напрягать заставляет. Кому это понравится?

Раза два Гурову казалось, что еще чуть-чуть, и ему повезет. Один водитель вроде вспомнил, как серебристый автомобиль парковался на бесплатной стоянке, но был ли это «Фольксваген» или какой-то другой, сказать точно не мог. Зато водителя запомнил хорошо. Тот сцепился с клушей из торгового ряда. Не из ларечных, из частников. Она с корзинами через плечо неслась к парковке, а он ей навстречу вышел. Бабуся мужика не увидела, влетела в него на полном ходу, да еще его же и обругала за то, что яблоки у нее посыпались. Мужик в долгу не остался. Слово за слово, скандал разгорелся нешуточный. Когда зеваки останавливаться начали, мужик быстренько ретировался, оставив бабку с яблоками самостоятельно разбираться.

Описание мужика Гуров с него на всякий случай получил и данные в блокнот записал. Правда, по такому описанию можно было каждого второго хватать и в отдел везти. Рост чуть выше среднего, телосложение обычное, руки разве что чуть длинноваты. Волосы русые, подстрижены коротко. Нос, глаза, уши — все совершенно неприметное. Одежда поинтереснее: бежевые брюки, а к ним синяя, с белыми лампасами, спортивная куртка вроде фирмы «Адидас», только дешевая.

Второй водитель порадовал больше. И машину видел, и водителя, в ней сидящего, а вот примет не запомнил. Саму машину и то только потому вспомнил, что она раза четыре, если не больше, возле автостанции мелькала. Скол на крыле не запомнил, бампер тоже в глаза бросился. Этот же водитель дал дельный совет, отправив Гурова к местному алкашу. Звали его Петр Игнатьич, и ошивался он на станции круглыми сутками. Ходил от ларька к ларьку, от машины к машине, от автобуса к автобусу, выпрашивал пятаки на спиртное.

Идея Гурову понравилась. Кто еще более полную картину видит, если не попрошайки? Удивительно, как это ему самому такая мысль в голову не пришла? Обычно он подобных промахов не допускает. Пока искал Петра Игнатьича, наткнулся на бабульку, о которой вел речь первый водитель, узнал ее по пресловутым корзинам. Подвязав ручки льняной скатертью, она и сейчас несла их наперевес, и снова по сторонам не особо смотрела.

— Здравия желаю, гражданка! — притормаживая, поздоровался Лев. — Это вы на днях скандал возле парковки устроили?

— Какой скандал, милок? — Бабулька насторожилась, но виду решила не показывать. Голосок елейный, глаза честные, губы в улыбке растянула, а пальцы юбку мнут, под передник прячутся. — Отродясь я ни с кем не скандалила!

— Жаль, гражданочка, жаль. Я думал, вы московской полиции помощь окажете, а вы, оказывается, не тот человек, который нам нужен, — пошел Лев на хитрость. — Мне-то вас рекомендовали как самую внимательную женщину на всем вокзале. Что ж, простите за ошибку.

— Постой, милок, так ты не совестить меня остановился? Ну, надо же! А я-то думала... — оживилась бабуся. — Да погоди ты, милок, куда торопишься! Кто ж с такой грозной фразы беседу с пожилым человеком начинает?

— То с пожилым, а вы — совсем другое дело, женщина, так сказать, в самом расцвете, вот я и спросил напрямик.

— Скажешь тоже, милок, в самом расцвете! — захихикала бабуся. — Мне через два понедельника семьдесят стукнет, а ты вон что!

— Сколько? Да вы не привираете, мадам? Больше пятидесяти восьми я вам в жизни не дам, хоть паспорт покажите!

— От пятидесяти восьми я бы не отказалась, — продолжала хихикать бабуся. — До шестидесяти я молодухой себя ощущала, а теперь песок сыплется. Корзины уже еле-еле через плечо перебрасываю.

— Но глаза-то зоркие, сразу видно, — закинул удочку Лев. — Раз что увидели, на всю жизнь в память врежется, верно?

— На что не жалуюсь, так это на память, — приосанилась бабуся. — Что хочешь спроси, все вспомню.

— И мужчину, который в вас врезался и все яблоки ваши рассыпал?

— Этого? Да этого Чикатилу я захочу, не забуду! Этого сатрапа я бы нарисовать смогла, если б умела. Он ведь мне, считай, два кило съемных яблок испортил да еще и нахамил. Ты бы, милок, такое забыл?

— Почему Чикатилой обозвали?

— А как его еще назвать, коли он массовое убийство совершил? — удивилась вопросу бабуся.

— Какое еще убийство?

— Да яблоки же, ты что, не слушаешь? — возмутилась она. — Два кило — это, почитай, пятнадцать штук отборных плодов угробил. Чикатила и есть.

— Как выглядел Чикатила, помните? — еле сдержал улыбку Лев.

— Как Чикатила и выглядел. Злой, глаза краснючие, волосы вздыбленные. А как народ за меня вступаться начал, так он все бросил и бежать, — затараторила бабуся. — Убег, милок, даже яблочки мне другие люди собирать помогали.

— Особые приметы запомнили? Может, родинка или акцент?

— Акценту не было, родинок тоже. Волосы из носу смешно торчали, а так ничего, приличный мужик. А вот руки... Премерзкие руки, скажу я тебе, милок. Будь у меня такие, я бы их круглый год в перчатки прятала.

— А что не так с руками? — уточнил Гуров.

— Да все не так, — начала бабуся, но тут ее окликнули товарки. Она тут же сбилась с мысли, заохала, заахала и поспешила откланяться. — Ты прости, милок, мне бежать надо. Видишь, очередь выстроилась. Все бабы Клавиных яблочек поесть хотят.

— Скажите хоть, что за проблема с руками? — вдогонку крикнул Гуров.

— Мерзкие у него руки, милок. Жутко мерзкие! — прокричала баба Клава и припустила еще быстрее.

А он отправился дальше, искать местного алкаша и попрошайку Петра Игнатьича. Нашел его, как и положено, возле пивнушки. Без пятака тот и здороваться не захотел, но как только монетка перекочевала из кармана Гурова в ладонь Петра Игнатьича, тот сразу подобрел. Уселся на бордюр, подставил лицо заходящим лучам солнца, заулыбался, довольный жизнью, и вдруг выдал высокопарным слогом:

— Спросить чего хотели, многоуважаемый?

— Ищу владельца автомобиля «Фольксваген», цвет «серебристый металлик». Мне порекомендовали вас как профессионала. Говорят, вы в курсе всех передвижений в районе автостанции.

— Правильно говорят, — подтвердил Петр Игнатьич. — «Серебристый металлик», говорите? В районе автостанции таковых немало. Будем отсеивать по одному?

— Если есть необходимость, — слегка удивленно произнес Гуров. — Не думал, что «Фольксвагены» настолько популярны.

— Видите ли, многоуважаемый, в марках я недостаточно силен. Не разбираюсь, сказать по-простому. Мне что «Мерседес», что «Опель» — одна картина. Вот если бы подобную увидеть, то и отсеивать не пришлось бы. Предлагаю с этой целью перебазироваться ближе к проезжей части, там экземпляр, интересующий вашу персону, непременно промелькнет.

— Зачем же к проезжей части? Вот, смотрите. — Лев достал фотоснимок машины. — Меня интересует именно эта модель.

— О! Да вы профессионал, — пришла очередь Петра Игнатьича хвалить полковника. — Ничего не упустили, все нюансы учли.

— Это машина, подобная той, что мы ищем.

— Я догадался, — кивнул Петр Игнатьич. — Таких моделей на вверенной мне территории ровно две. Одной владеет Заур Нурланбеков, он содержит точку по сбыту кожгалантерейных товаров в торговом павильоне на втором этаже. Автомобилем пользуется ежедневно, паркует на бесплатной стоянке, так как уверен, что на его рыдван ни один дурак не позарится. Цитирую дословно, так что за содержание речи прошу великодушно простить.

— О какой парковке идет речь? — Гуров уже начал привыкать к высокому слогу попрошайки. Видимо, раньше, до того как опуститься, Петр Игнатьич принадлежал к классу интеллигенции.

— Здесь их три, подразделяются по расположению относительно сторон света. Северная — та, что у ворот, южная — ближе к кассовым терминалам, и юго-восточная, эта самая популярная и самая большая, она находится напротив посадочных площадок. Очень удобно пассажирам с объемным багажом. Из машины багаж достал, через площадь перешел, и ты уже возле автобуса. Сложил вещи возле столбика и жди, пока водитель для твоей поклажи место определит.

— На какой из этих парковок ставит автомобиль Заур Нурланбеков? — уточнил Лев.

— На северной, там ему ближе к торговому павильону. — Петр Игнатьич зевнул, давая понять, что тема начинает нагонять на него скуку.

Гуров понял намек, достал еще один пятак и вложил в руку попрошайки.

— Благодарю покорно, — театрально поклонился Петр Игнатьич. — Однако горло не мешало бы смочить, а то пересохнет, говорить не смогу.

— Как пересохнет, так и смочим, — пообещал Лев.

— Хотелось бы уже, — протянул Петр Игнатьич, — так сказать, для профилактики. Помогает не только голосовым связкам, но и память в значительной мере улучшает.

Лев полез в кошелек, достал оттуда пятьдесят рублей, сунул попрошайке. Тот жест оценил по достоинству. На этот раз поклон был намного ниже и продолжительнее. Затем Петр Игнатьич произнес что-то типа «я мигом» и убежал в шинок. Вернулся спустя минуту, повеселевший.

— Итак, на чем мы остановились, многоуважаемый? — вытирая губы огромным клетчатым носовым платком, спросил он.

— На Зауре, — напомнил Лев. — И на парковках.

— Эту тему я закрыл, — подумав, произнес Петр Игнатьич. — Теперь относительно второго экземпляра. Тот всегда ставит машину на юго-восточной. Ближе к краю. Если не выходит встать на привычное место с первого раза, он ставит где попало, а сам следит за парковкой. Как только место освобождается, тут же его занимает, и только после этого идет к кассовым терминалам. Кстати, билеты он не покупает. Просто бродит по залу, и все.

— Его имя-отчество никогда не слышали? — Гуров бил наугад.

— Разумеется, имени-отчества его мне никто не называл, но есть кое-что покруче, — похвастался Петр Игнатьич. — Если есть время — поделюсь. Источник проверенный, в этом можете не сомневаться.

Лев кивнул в знак согласия, устроился на том же бордюре, который облюбовал Петр Игнатьич, и приготовился слушать...

ГЛАВА 7

Утренние часы на Петровке всегда проходят оживленно. Совещание, она же планерка, разбор полетов, прием граждан, вызванных по повестке, — это только малая часть утренних забот. А еще забежать к экспертам, забрать результаты экспертиз, заказанных прошедшим днем, получить сводки по происшествиям за последние сутки, зарезервировать время на допрос задержанных, если таковые имеются. И прочая, прочая, прочая...

Полковники Гуров и Крячко с пятиминутки от генерала вернулись почти в девять. Сегодня их друг и начальник особо рьяно распекал всех подряд, но ни Гурова, ни Крячко не задел. Странно, так как имто было за что огребать. Доложить о проделанной работе Крячко вчерашним днем не успел, а утром уже не до докладов было, генерал тут же стружку с подчиненных снимать начал. Сами полковники на глаза начальству лезть не стали, тихонечко покинули кабинет, как только пятиминутка завершилась.

Доронин не появлялся, эту информацию Крячко выудил у Верочки, секретарши Орлова. От нее же узнал, с чего вдруг генерал так буйствует. Вроде как прошел слушок, будто в верхах собираются провести статистический срез по продуктивности работы полицейских отделов, чтобы впоследствии по результатам этого среза распределять квартальную премию. Понятное дело, продуктивность в работе полиции зависит от такого количества факторов, что заработать приличную премию можно, только подтасовывая данные для отчетов, или же уповать на чудо.

Чтобы не подвести отдел, повесив на него сразу два «висяка», напарники, вернувшись в кабинет, принялись разгребать данные, собранные помощниками. Агейкин и Ярцев отработали на удивление быстро и, главное, чисто. Два списка за несколько часов — неплохой результат. Осматривали они по большей части машины, но кое с кем из владельцев тоже пообщались. По их спискам совпадений с приметами, оставленными Ниной, не нашлось.

Те, что с просроченными страховками, в основном стояли в разборе. Где-то двигатель снят, где-то — коробка передач. На некоторых авто не хватало мелочей типа зеркал и заднего сиденья, а кое-какие стояли даже без колес. Одним словом, дороги авто из второго списка не видели давно, соответственно, к исчезновению Паранина и смерти Струбалина отношения их владельцы не имели.

«Штрафников», так Агейкин и Ярцев прозвали владельцев авто из третьего списка, выцепить оказалось не так-то просто. Жизнь у них била ключом: поездки, когда по работе, когда ради отдыха, да все по области, а то и дальше. Один вообще в Сибирь укатил, так родственники сказали. На «Фольксвагене» и уехал. Давно уехал, еще лето не началось, а вернется только к осени. Двоим они повестки оставили, еще одного дома застали, но его автомобиль сразу отпал. У него не то что скол на крыле, а практически весь кузов побитый. Как сказал Ярцев, невозможно обратить внимание на один изъян и не заметить всего остального.

Несмотря на пролетные списки, Ярцев и Агейкин из штрафников выделили некоего Михаила Олешкина, за то, что жена его слишком яростно защищала. Агейкин два слова сказать успел, когда она в наступление пошла. Все твердила, что Мишаня ее никогда закон не преступал, женщин и детей не обижал, а все, кто говорит иное, пусть катятся к такой-то матери. Вопрос, где был Михаил в день, когда тело Струбалина оказалось в канаве, так напугал женщину, что некоторое время она не могла внятно говорить, только мямлила что-то с испугу. После этого Ярцев и Агейкин решили, что без проверки Олешкина оставлять нельзя.

В списке из машин «на разбор» оставили для более близкого знакомства мужичка со звучной фамилией Алмазов и именем Федот, совершенно не сочетающимся с фамилией. Чем привлек внимание Алмазов? Отсутствием переднего бампера — это раз, и свежими царапинами через весь левый бок «Фольксвагена». Ярцев решил, что Алмазов боится, как бы машину не опознали, поэтому и бампер снял, и тачку поцарапал. От самого Алмазова ответа, зачем он снял бампер и где поцарапал левую сторону, полицейские не добились.

Кристально чистые и кристально честные водители из списка, доставшегося Валерке Жаворонкову, как и предполагал Крячко, за машинами своими следили соответственно. Ни пылинки, ни царапинки. Какой там скол на крыле? Протектор на покрышках и то не у всех стерся. В этом списке под подозрением осталась особа женского пола, Милена Веденеева.

С Валерой Жаворонковым она общаться не отказалась, напротив, проявила самое живое участие. И весь свой график передвижений за последний месяц расписала чуть ли не по минутам, и список тех, кто мог пользоваться ее машиной, предоставила. Длиннющий список. Как оказалось, Веденеева раздавала доверенность на право вождения своего авто направо и налево, и добрый десяток друзей и подруг катались на «Фольксвагене», куда душа позовет. Но как только Жаворонков попросил осмотреть машину, девушка встала в позу, заявив, что осмотр позволит осуществить только с предъявлением соответствующих бумаг, так что саму машину Валера так и не увидел.

— Итак, подытожим, — выслушав все отчеты, предложил Гуров. — Что у нас есть на настоящий момент? Веденеева, Олешкин, Федот Алмазов и два водителя из списка «штрафников». Негусто.

— Все не то, Лева, — вступил в разговор Крячко. — Вот Леонид Зуб — это да, это кандидат, а все эти Веденеевы и Олешкины так, пыль в глаза.

— Должен быть еще один, — покачал головой Гуров. — Приметы такие, что не разгуляешься, но его минимум дважды видели на автостанции в Мякинино.

— Какие приметы? — уточнил Ярцев. — Возможно, мы с ним общались, только на заметку не взяли.

Гуров перечислил приметы, полученные от водителя. Из того, как описывала обидчика баба Клава, сообщил только про руки. Красные глаза, встрепанные волосы и злое лицо оставил за кадром, посчитав, что эти «особые» приметы баба Клава придумала от обиды.

— Перчатки? Я общался с мужчиной в перчатках, — выпалил Жаворонков. — И рост у него чуть выше среднего, и волосы русые. Вроде подходит. А перчатки обычные нитяные, такими все огородники пользуются.

— Из твоего списка?

— Ну, да. Верелыгин, кажется.

— И машину его видел?

— Не совсем, — смутился Жаворонков.

— То есть как это не совсем? — вступил в разговор Крячко. — Тебя за чем посылали? Машины осмотреть. И как это ты видел ее, но не совсем?

— Да он мне фотку показывал. В телефоне. Сказал, что на СТО отогнал, на профилактику. Велел завтра приезжать, если есть желание вживую посмотреть.

— Фотку? Очень интересно. Ты бы еще по картинке искал, — съязвил Стас.

— Думаете, он? — растерялся Валерка. — С виду такой вежливый, обстоятельный. И на контакт охотно пошел. Я его на работе поймал, он в службе доставки работает, экспедитором.

— А живет где? Или ты дом его тоже только на картинке видел? — продолжал язвить Крячко.

— Стас, прекращай! — оборвал напарника Гуров. — Сам знаешь, у Валеры опыта в таких делах нет. Бери список, сами поедем и проверим. Тем более что машину Верелыгин сегодня забирает.

— Номер телефона ведь есть. Он всегда на связи, сказал звонить, перед тем как ехать к нему. — Жаворонков покопался в карманах и вынул листок, где неровным почерком был написан телефонный номер.

— Ну, звонить мы ему точно не будем, — хмыкнул Крячко, выхватывая бумажку. — Телефон пригодится на случай, если дома не застанем. Ты про график работы его узнал?

— Да он сейчас на больничном, — сообщил Жаворонков.

— Зачем тогда в контору приезжал?

— Об этом я не спросил. Может, больничный лист завез. — С каждым вопросом полковника Жаворонков все больше сникал. — Или сами вызвали. Меня иногда вызывают, когда совсем запара в отделе.

— Ага, и у него в конторе запара. Пиццу развозить некому, или что он там развозит?

— Кондиционеры, — машинально ответил Жаворонков.

— Ты как вообще-то на него вышел? У конторы стоял и ждал, вдруг объявится? — поддел Крячко. — Человек на больничном, а ты его на работе ищешь.

— Все не так было, — принялся оправдываться Валера. — Я по базе пробил, узнал адрес и номер телефона. Позвонил, попросил о встрече, он и сказал, чтобы я к конторе подъезжал. Обещал подождать и дождался. Подвоха я не заметил, мне даже показалось, что он вполне доброжелательно к предложению отнесся. Потом выяснилось, что машина на СТО, но ведь в телефонном разговоре я не сказал, что интересуюсь его «Фольксвагеном», так что вроде никакого подвоха.

— Красавчик твой Верелыгин, ответственный, доброжелательный, отзывчивый, — опять съязвил Крячко.

— По-моему, не хуже остальных, — огрызнулся Жаворонков.

— Ладно, расходимся. Вы, парни, можете пока заниматься своими делами, — обратился Гуров к Агейкину и Ярцеву. — Сидите в отделе, караульте тех, кому повестки оставили. Валера, ты пока тоже отдыхай. А мы со Стасом сначала к Верелыгину, затем к остальным.

Первым из кабинета вышел Жаворонков, за ним потянулись Агейкин и Ярцев. Оставшись наедине с напарником, Гуров осуждающе покачал головой:

— Зачем парня дразнил?

— Да ладно, сам виноват. Сколько лет в полиции служит, а элементарных вещей не знает. Ну, хочешь, пойду извинюсь. Скажу, что просто подначивал, а так он молодец и сделал все по высшему разряду? — предложил Крячко.

— Оставь его, в следующий раз думай, прежде чем дразнить, — махнул рукой Лев. — Лучше скажи, что ты о нашем деятеле думаешь?

— Это ты про Алмазова? Да прогнил его бампер, и все. Никакого криминала. И бочину чем угодно зацепить мог. Если каждого, у кого старый рыдван не в идеальном состоянии, подозревать в криминале, у нас полстраны сидеть будет.

— Я не про Алмазова, про Верелыгина.

— А что Верелыгин? Может, хитрый гусь, а может, и правда человек открытый. Хочешь ему позвонить?

— Думаю, не стоит. Зачем предупреждать? Он и так знает, что им полиция интересуется, а если мы еще сообщим, что к нему едут два полковника, живой реакции нам не видать.

Согласно списку Жаворонкова, проживал Верелыгин в довольно престижном районе Ясенево, в семи минутах ходьбы от станции метро «Теплый Стан». Многоэтажка старой постройки, еще с застойных брежневских времен, на фоне новостроек смотрелась уныло. Двор, правда, благоустроенный, с современной детской площадкой, огороженным полем для игры в футбол и уютными беседками. И все же до новостроек недотягивал и он.

Квартира Верелыгина располагалась на втором этаже, дверной звонок отсутствовал. На стук дверь открыла шикарная девица лет двадцати шести — двадцати восьми, при макияже, с маникюром и стильной стрижкой.

— Вам кого, господа? — скользнула она взглядом по операм. — Вы, кажется, не из тех, кто торгует бесполезным товаром.

— Нет, мы товаром не торгуем, — приосанившись, выступил вперед Крячко. — Нам бы Серегу увидеть.

— Какого Серегу? — На губах девицы играла вежливая улыбка, но в глазах появилась настороженность.

— Верелыгина. Он кем вам приходится?

— С какой целью интересуетесь? Я вроде как девушка совершеннолетняя, с кем хочу, с тем и живу. — Выражение лица с доброжелательно-открытого в мгновение превратилось в надменно-холодное. Девица отступила на полшага назад и слегка подвинула дверь так, чтобы одним толчком закрыть, если вдруг появится такое желание.

— Особой цели не имею, просто интересуюсь. Разговор поддерживаю. — Крячко продолжал улыбаться, но ногу, на случай, если придется блокировать дверь, к порогу незаметно подвинул. — Вполне законный вопрос. Шли мы к Верелыгину, а нашли вас. Серега о женитьбе не рассказывал, вот я и задумался, кем вы можете ему приходиться.

— Зачем вам Верелыгин? — На уловку Крячко девица не купилась и о своих взаимоотношениях с владельцем «Фольксвагена» рассказывать не спешила.

— Дело есть, — уклончиво ответил Стас.

— Личное?

— И личное, и профессиональное. — Он немного подумал и добавил: — Скорее бытовое.

— Я поняла, вы его адвокаты, — вдруг выпалила девица. — И не надоело ему деньги на вас спускать? Ясно же, здесь ему ничего не обломится. Пусть сидит в своей Пупырловке и радуется тому, что я на нее не претендую.

— Пупырловка у нас где? — Крячко не стал разубеждать девушку относительно их профессиональной принадлежности. Зачем, если информация сама в руки идет?

— Можно подумать, вы не знаете, — скривила губы девица.

— Давайте подумаем, что не знаем, — невозмутимо предложил Стас. — Итак, Пупырловка — это что? И почему Серега должен ей радоваться?

— До свидания, господа, — вдруг без перехода заявила она. — Все вопросы решаем в суде, — и попыталась закрыть дверь, но Крячко перехватил ее левой рукой.

— Вы что себе позволяете? — побагровев, выпалила девица. — Возомнили себя суперменами, справились с беззащитной девушкой? А ну, убрал ногу, урод, пока я полицию не вызвала!

— Вы будете смеяться, но мы уже здесь, — с невинной улыбкой проговорил Стас. — Видите, какой сервис. Не успели вы с желанием определиться, а мы уже его исполнили. У полиции все быстро, не то что в бывшей милиции, не так ли, мадам? Так что вы хотели поведать нам о гражданине Верелыгине и его месте обитания?

— Да шел бы ты лесом! — продолжала верещать девица. — Я тебе не лохушка деревенская, права свои знаю, понял? Валите отсюда и дружку своему скажите, будет мне надоедать, сгною в тюрьме! Пудыши свои будет со слезами вспоминать, мечтая вернуть все обратно.

— Предлагаю успокоиться и перейти к конструктивному разговору, — попытался урезонить ее Гуров.

Успокаиваться девица не собиралась. Она вдруг закатила глаза и стала клониться вперед. Крячко отреагировал так, как она и рассчитывала: убрал руку с двери и протянул вперед, готовый подхватить ее. Как только он это сделал, слабость у девицы волшебным образом прошла, резким движением руки она дернула дверь на себя, одновременно с этим лягнув Крячко чуть ниже коленной чашечки. Не ожидавший такого поворота, Стас удар пропустил, нога ушла в сторону, и входная дверь, не имея препятствий, захлопнулась.

— Ничего себе, беззащитная девушка, — принялся он растирать ушибленное место. — Хулиганка!

— Уходите! — донеслось из-за двери. — Имейте в виду, дверь я вам не открою, так что время на уговоры не тратьте.

— Ведь правда не откроет, — вполголоса проговорил Гуров. — Прошляпили мы свой шанс, Стас. Здесь нам ловить больше нечего. По крайней мере сегодня.

— Ты название Пупырловки запомнил? — спросил Крячко, имея в виду место, которое называла девица.

— Пудыши, — на автомате произнес Гуров.

— Туда поедем?

— Погоди с места срываться, давай соседей обойдем. Послушаем, что они о девице говорят и какая такая ситуация у Верелыгина произошла, что он по месту регистрации не проживает.

— И так все понятно. Подженился Верелыгин, а девка пройдохой оказалась. Как лисичка из «Заюшкиной избушки». Пустил ее Верелыгин переночевать, а она его и выгнала.

— Послушаем, что люди говорят, — повторил Лев и перешел к квартире напротив.

Дверь на звонок никто не открыл, он поднялся этажом выше, снова позвонил в дверной звонок. Крячко, слегка припадая на ушибленную ногу, следовал за ним. На этот раз спустя короткое время дверь открыл мужчина средних лет. Окинул незнакомцев любопытным взглядом и спросил:

— Чем могу служить, господа?

— С Сергеем Верелыгиным знакомы? — не представляясь, спросил Стас.

— Соседа снизу? Знавал, — ответил мужчина. — А вы, я вижу, с Олимпиадой познакомились?

— С кем, с кем? — переспросил Стас.

— С девушкой, которая теперь в той квартире живет, — пояснил мужчина. — Разок и я на ее трюк попался. Месяц колено болело.

— Так она действительно хулиганка, — обращаясь к Гурову, проворчал Крячко. — Надо было ее арестовать за нападение на сотрудника полиции при исполнении.

— Вы из полиции? — оживился мужчина. — Неужели кто-то урезонит наконец бессовестную девку?

— Житья не дает?

— Не то чтобы очень, но настроение подпортить может основательно.

— Кем она Верелыгину приходится?

— Жена законная, — сообщил мужчина и поморщился: — И как только таких стерв в жены берут?

— Не знал, что Сергей женат, — покачал головой Стас. — Жаворонкову выговор, недостоверную информацию собрал.

— При чем тут Серега? — перебил его сосед. — Димкина она жена. Димона Верелыгина.

— Это еще кто?

— Толком не знаю. То ли двоюродный, то ли троюродный брат Сереги. Квартира-то его по факту, Серега там только прописан.

— Значит, Олимпиада — жена Дмитрия Верелыгина, — подытожил Гуров. — Сам Дмитрий когда дома бывает?

— Никогда, — осторожным тоном проговорил сосед.

— То есть как это — никогда? Она что, и его выгнала?

— А вы не знаете? Умер он, год назад еще.

— Умер? Болел или другое?

— Другое. Только вы меня не пытайте, я мало что про ту историю знаю. Хотите подробностей, идите на пятый этаж, там Татьяна живет, они вроде как дружили с Олимпиадой. Может, она вам расскажет.

— Темная история?

— Мутная, — уточнил сосед. — Не хочу я в это ввязываться, понимаете? Мне еще здесь жить и жить, а с Олимпиадой ни один человек в здравом уме связываться не станет.

— Надо же, какая грозная особа, — пошутил Крячко.

— Грозная не грозная, а Серегу из дома выперла. И с Диманом не все ясно. Так что извиняйте, господа хорошие, а я вам в этом деле не помощник. За сим откланиваюсь. Удачи с Татьяной.

Мужчина махнул на прощание рукой и захлопнул дверь, едва не прищемив Крячко пальцы.

— Да что за дом такой? — возмутился тот. — Одна ноги калечит, другой руки изуродовать норовит. И все поголовно перед полицией дверями хлопают.

— Не ворчи, Стас, пойдем наверх. Может, с Татьяной повезет. — Гуров начал подниматься по ступеням и на ходу рассуждать: — Не нравится мне все это, Стас. Девица наглая, история, о которой сосед предпочитает молчать, Пудыши еще какие-то.

— Банальная история, — возразил Стас. — Квартирный вопрос в столице стоит остро, сам знаешь.

— Потому и говорю: не нравится мне все это, — повторил Лев.

Когда поднялись на последний этаж, он посетовал, что не спросил у мужчины, в какой именно квартире живет Татьяна. Пришлось звонить наугад. В первой квартире никого не было, или хозяева открывать не захотели. Перешли к следующей. Здесь им повезло — молодая девушка открыла почти сразу. Не произнося ни слова, она воззрилась на полковников вопросительным взглядом. Лев взял инициативу в свои руки.

— Полковник Гуров, Московский уголовный розыск, — представился он. — Вы — Татьяна?

Девушка утвердительно кивнула.

— Скажите, вы знакомы с Верелыгиными?

Она снова кивнула. Гуров ждал продолжения, но его не последовало, и он продолжил:

— Разрешите войти? На пороге разговаривать не очень удобно.

Татьяна посторонилась, пропуская их в прихожую. Потом махнула рукой, приглашая пройти дальше. Гуров прошел первым, Крячко ковылял за ним. Девушка провела их в гостиную, обставленную минимумом мебели. Большую часть комнаты занимал шикарный белый рояль. Татьяна указала рукой на кожаный диван, сама присела в кресло напротив и снова молча воззрилась на посетителей.

— Простите, у вас все в порядке? — не сдержался Крячко. — Мы уже пять минут общаемся, а вы ни слова не произнесли. Это что, фишка такая?

Она улыбнулась, протянула руку к журнальному столику, взяла блокнот и маркер и начала что-то быстро писать. Закончив, развернула лист так, чтобы обоим полковникам было удобно читать. На белом листе каллиграфическим почерком было написано: «Говорить запретил врач. Ларингит. Через неделю концерт. Сейчас ограничение голосового режима».

— Да, проблема, — протянул Стас. — И как же мы будем беседовать?

Девушка снова улыбнулась и написала: «Задавайте вопросы, пишу я быстро».

Поначалу Гуров ощущал неловкость, как будто разговариваешь с глухонемым, но потом вошел в ритм девушки, и в итоге беседа получилась продуктивной.

С Верелыгиными Татьяна общалась постольку-поскольку. В этом доме жили еще их родители, с тех пор как переехали из деревни Пудыши. Татьяна и сама родилась здесь. Дмитрий приходился Сергею Верелыгину двоюродным братом. Их отцы были родными братьями. Между Сергеем и Дмитрием разница в возрасте почти пятнадцать лет, между Татьяной и Дмитрием, как оказалось, всего семь. Получалось, что по возрасту девушка не настолько молода, как выглядит. Сергею — пятьдесят пять, брату Дмитрию — сорок, а Татьяне, как выразилась сама девушка, тридцать два с большущим хвостиком.

Квартира по наследству досталась обоим братьям, но Сергей в какой-то момент продал свою долю Дмитрию, оставив за собой право проживания и прописки. Олимпиада появилась в их доме года три назад, за два года до смерти Дмитрия. Очень быстро окрутила Верелыгина-младшего и затащила в загс. Тот особо не сопротивлялся: в сорок лет двадцатитрехлетняя девица кажется весьма привлекательной партией. Поначалу жили дружно. Сергей — в одной комнате, молодожены — в другой. Татьяну на праздники в гости приглашали, вроде как женская компания для Олимпиады, так как своих подруг у той не оказалось. Иногда и Татьяна принимала Верелыгиных у себя. Не часто, но принимала.

Потом произошел инцидент. Что точно случилось, Татьяна не знает, но Дмитрий приревновал молодую жену к брату, и начались скандалы. А потом, примерно год назад, братья вроде бы помирились. Стали вместе на рыбалку ездить, по грибы, по ягоды ходить. Олимпиада куда-то съехала, и у братьев наступила идиллия. Разводиться Дмитрий с Олимпиадой не разводился, но месяца четыре без нее прожил.

После случилась беда, настоящая трагедия. Оба брата уехали на рыбалку и пропали. Откуда узнала Татьяна? Коллеги с работы начали и к тому, и к другому приходить, чтобы выяснить, по какой причине те не выходят на работу. Заглядывали и к Татьяне, так она и узнала. Именно она подала заявление на розыск. Через неделю нашли тело Дмитрия. Эксперты установили, что тот утонул в пруду. Предположительно, у Дмитрия в камышах запутались снасти, он полез распутывать, не рассчитал силы и утонул.

Сергея искали еще неделю. Не нашли и затею бросили, записав его в без вести пропавшие. А спустя месяц он объявился. Грязный, оборванный, изможденный. Пришел, а в квартире уже Олимпиада обосновалась. Она его в дом не пустила, сменила замки и ключи давать отказалась. Началась новая серия скандалов. Долго скандалили, недели три, пока Олимпиада дружков не привела. Три здоровенных амбала, по типу «быков» из девяностых. Они и объяснили Сергею, как должен поступить порядочный мужчина. Тому ничего не оставалось, как вернуться в Пудыши. Время от времени он появлялся на пороге московской квартиры, но попытки урезонить Олимпиаду ни к чему не приводили, и он уезжал ни с чем.

С Татьяной Сергей общаться перестал, несмотря на то что похороны брата организовала именно она. Считала ли она братьев странными или агрессивными? Нет, не считала. Типичные мужчины, не хуже и не лучше многих. Олимпиаду не осуждала, приехать из деревни и получить шанс на жилье в Москве использовала бы каждая вторая. Так почему Олимпиада должна уступать квартиру Сергею? Сам профукал, сам и виноват.

Распрощавшись с Татьяной, Гуров и Крячко взяли курс на Пудыши. Желание познакомиться с Верелыгиным лично после беседы с соседкой только укрепилось. Записи Татьяны Гуров забрал с собой. По дороге заскочили к Верелыгину на работу, пообщались с начальником. С трудом скрывая раздражение, тот сообщил, что Верелыгин недели две как на больничном, проблемы с давлением. Упомянул, что в самый сезон остался без водителя, но в открытую недовольства не высказал. Наоборот, сделал вид, что озабочен состоянием здоровья сотрудников, поэтому даже в самый разгар продаж пошел навстречу Верелыгину и велел в отделе кадров принять временного сотрудника.

Сверившись с данными из Интернета, определили маршрут. Вариантов маршрута оказалось два. Гуров отметил, что первый маршрут пролегает все по той же трассе на Волоколамск, мимо Сычева, в сторону Лотошина, второй же — мимо Локотни. Крячко настаивал на совпадении, оставаясь при своем мнении, что виновник исчезновения Паранина и смерти Струбалина не кто иной, как Леонид Зуб. Гуров спорить не стал, заявив, что сперва должен пообщаться лично и с Зубом, и с Верелыгиным, а уж потом делать выводы.

К Пудышам ехали по Волоколамке, у Шаховской свернули на Красное Село. Дорога пошла не ахти, до самого Яузского водохранилища плелись черепашьим шагом, и все же до Пудышей добрались достаточно быстро. Двести километров прошли за три часа, так что в деревню въехали к трем часам дня. Чтобы не рыскать по дворам, заехали в магазин, хотя особой необходимости в этом не было. Всех жителей Пудышей, по последней переписи населения, насчитывалось чуть больше двух десятков. Домов и того меньше, если не считать заброшенных. Жил район больше рыбалкой да базами отдыха. Для них местные дельцы магазин и держали. Дело не столько выгодное, сколько развлекательное, отдушина скучающим сельским жителям.

Продавщица, миловидная женщина лет сорока пяти, встретила их улыбкой и тут же принялась перечислять весь ассортимент товаров, чтобы пришлые не забыли прикупить что-то нужное именно в ее магазинчике. На базе отдыха продуктовый магазин тоже действовал, хозяйка об этом прекрасно знала, поэтому боролась с конкуренцией, как могла.

Как только Гуров начал задавать вопросы, женщина поняла, что прибыли от приезжих не дождешься. Не желая остаться без выручки, она пошла на хитрость: за каждый заданный Гуровым вопрос брала небольшую мзду. Не деньгами, разумеется, а покупками. Задаст он вопрос, а она ему в ответ: «Сегодня огурчики маринованные завезли. Сто тридцать рублей банка. Не желаете приобрести? Дома с картошечкой пожарите». И не дает ответа до тех пор, пока напарники деньги на прилавок не выложат. А как выложат, она новый товар под нос: «Печенюшки к чаю не забудьте, двадцать три разновидности, на любой вкус», или «Мармеладик вот сладенький, сахарный, для мозга полезно».

Правда, и на информацию потом не скупилась, на вопросы отвечала подробно, обстоятельно. Беседа от этого заняла гораздо больше времени, чем рассчитывал Гуров, и все же ритуал, негласно предложенный продавщицей, принял. После четвертой покупки он уже знал все о Верелыгине. Или по крайней мере большую часть. Жил Верелыгин в родительской развалюхе у леса. В магазин почти не заглядывал, разве что за водкой и за сигаретами. Пил сам или кого-то угощал, продавщица сказать не смогла по той простой причине, что дружить с ней Верелыгин категорически отказывался, и ей приходилось довольствоваться сухим «здрасьте—до свидания».

Найти дом труда не составило. Дом под крышей из шифера в Пудышах стоял один. «Фольксвагена» видно не было. Подъехали к дому, припарковали машину у дощатого забора, поросшего плющом и колючим кустарником, запущенным до невозможности.

Калитка оказалась на запоре. Гуров поискал звонок, не нашел и принялся стучать по заборному столбу. Спустя пять минут из-за забора послышались торопливые шаги, а следом окрик хозяина:

— Иду, забор не ломайте!

Загремел засов, из калитки вышел мужчина средних лет. Он оглядел гостей, и губы его растянулись в улыбку:

— Из Москвы?

— Оттуда, — кивнул Крячко. — Верелыгин Сергей?

— Он самый. Вы насчет машины? — догадался Верелыгин и виновато развел руками: — А нет ее. Сроки сдвинулись, что-то там на станции не срослось, на два дня починку отложили. Я же говорил вашему помощнику, чтобы звонил, только бензин напрасно искатали.

— Ничего, мы не в обиде, — подстраиваясь под тон Верелыгина, заверил Крячко. — Мы тут к вам на московскую квартиру заезжали, много интересного узнали, так что есть тема для общения и помимо машины.

Будь Гуров чуть меньшим профессионалом, он бы точно пропустил реакцию, настолько она оказалась мимолетной. На долю секунды в глазах Верелыгина мелькнуло пламя, и тут же взгляд стал отстраненным.

Таким, каким он всегда становится у людей, когда незнакомцы затрагивают больную тему. Эта реакция была предсказуема. У Верелыгина умер брат, умер при странных обстоятельствах, а его жена, с которой он расстался за несколько месяцев до смерти, заселилась в квартиру, выгнав единственного кровного родственника чуть ли не на улицу. Как еще на такое реагировать?

— Простите, если затронули больную тему, — мягко произнес Лев.

— Я не понимаю, какое отношение может иметь смерть моего брата к ДТП?

— К ДТП? — удивленно переспросил Крячко.

— Так сказал ваш коллега, — ответил Верелыгин. — Разве не поэтому вы хотите взглянуть на мой автомобиль?

— Быть может, пригласите нас в дом?

— Можно поговорить во дворе, в доме душно и мух полно. — Верелыгин посторонился, давая возможность напарникам пройти во двор. — Там за вишней беседка.

Крячко и Гуров прошли по заросшему бурьяном двору к беседке, вид которой не внушал доверия. Деревянная постройка покосилась, доски скамьи подгнили, зато в центре беседки стояла мраморная урна, в которую хозяин втиснул оцинкованное ведро. Гуров заглянул в урну, ведро на три четверти заполняли окурки. «Интересно, окурков тьма, а дорожка к беседке едва просматривается. Значит, попадает он сюда не со двора».

Лев пошарил глазами по прилегающей территории и нашел то, что искал. Тропинка вела от дома. Не от центрального крыльца, а «с задов», как называют деревенские жители выход из дома, ведущий в огород. В принципе, ничего странного в этом не было, от главного входа ходить было бы, конечно, удобнее и даже ближе, но если хозяин чаще пользуется дальними комнатами, то шагать через весь дом смысла немного.

— Запущено тут все, — как бы извиняясь, развел руками Верелыгин. — Если честно, нет желания и начинать облагораживать. Да на будущий год придется, не век же в развалюхе жить. Вы садитесь, скамья крепкая, я проверял.

Крячко с опаской пощупал доску, сел осторожно, откинулся на перекладину. Гуров остался стоять. Хозяин пару раз вздохнул, достал сигареты, закурил. Начинать разговор предоставил гостям. Подумав, Лев решил пока не затрагивать тему брата, а остановиться на машине.

— Значит, говорите, ваш автомобиль на станции техобслуживания, — начал он. — На какой именно?

— В Одинцове, на улице Союзной, — без запинки произнес Верелыгин.

— Почему там?

— Ребята работают на совесть. Однажды туда случайно попал, с тех пор всегда у них ремонтируюсь.

— Серьезная поломка? — задал практический вопрос Крячко.

— Подшипник засвистел, так ребята сказали. Сам я в автомобилях не силен.

— Давно засвистел?

— Да с месяц назад, а я все никак собраться не мог доехать до них.

— Сейчас, значит, собрались. Время свободное появилось?

— Вроде того. Давление скачет, решил на больничный уйти, — пояснил Верелыгин. — Немного полегчало, я и отогнал машину. Откуда мне было знать, что ею полиция заинтересуется? Вопрос можно?

— Валяй! — позволил Стас.

— Если не ДТП, то что тогда?

— Человек пропал, — внезапно выложил Гуров, решив начать играть в открытую. — Сел в «Фольксваген» и уехал. Больше его не видели, телефон не отвечает. Согласно плану разыскных мероприятий, мы проверяем всех владельцев автомобилей данной марки.

— Так чего же тогда ваш помощник ерунду про дорожно-транспортное гнал? — удивился Верелыгин. — Сказал бы сразу, быстрее дело пошло бы.

— Вы попутчиков сажаете? — в лоб спросил Лев.

— Бывает, — поднял на него глаза Верелыгин. — До дома двести верст, одному ехать скучно. Только в наши Пудыши редко попутчики напрашиваются. Сажаю тех, кому по трассе со мной по пути. До определенного места довезу и высаживаю.

— Чтобы с доставкой на дом, такого не бывает?

— А зачем мне это? — удивился Верелыгин.

— Подкалымить, или деньги вас не интересуют?

— Не люблю я это. Денег никогда не хватает, сколько ни заработай. Нужно жить по средствам, а не гоняться за каждой копейкой.

— Последний раз когда попутчика брали?

— Да с неделю назад. Парнишка — студент напросился. Довез его до Истры, там высадил и поехал к себе в Пудыши. До этого долго не выезжал, с давлением ведь особо не разъездишься.

— С памятью у вас как? — снова перехватил инициативу Крячко.

— В каком смысле? — не понял Верелыгин.

— В прямом. Лица пассажиров легко запоминаете или высадил и забыл?

— Кого-то помню, наверное. — Верелыгин задумался. — Так сразу не скажешь, я ведь не сижу, не вспоминаю, у кого из попутчиков какие глаза, у кого какой нос.

— Фото покажем, сможете вспомнить?

— Покажите и узнаем, — резонно заметил Верелыгин.

Гуров достал фото Струбалина, на котором он был снят еще при жизни. Верелыгин вглядывался в снимок минуты три, затем отдал обратно Гурову со словами:

— Кто его знает, может, когда и подвозил. Это он пропал?

— Он уже нашелся, — начал Крячко, но Лев быстро выложил второй снимок и заставил Верелыгина переключить внимание со слов напарника на фото:

— Взгляните. Может быть, этого мужчину вспомните? Он уезжал с автостанции Мякинино. Вы ведь там бываете?

Вопрос прозвучал совершенно невинно, и реакция Верелыгина показалась вполне обычной. Он не вздрогнул, не замешкался, голос, когда начал отвечать, не дрожал.

— В Мякинино? Бываю. Там на углу хлебный ларек, булка городская у них шикарная. Вкус, как из детства. Радостей в жизни у меня не так много осталось, вот и балую себя. Дайте-ка фото, я посмотрю.

Он забрал снимок из рук Гурова, поднес ближе к свету и почти сразу отдал.

— Его точно подвозил. Странный тип. Он еще в свитере полосатом был. Полоска желтая, полоска черная, как у работников сотовой связи. Я еще подумал, что там он и работает, оказалось, нет. Специально спрашивал.

— Он сам к вам в попутчики себя предложил?

— Не помню. Кажется, да, хотя мог и я. Он у парковки стоял, по сторонам озирался. Возможно, я спросил, куда ему ехать нужно. Он в Локотню ехал, это я точно помню. К нам в Пудыши две дороги, обычно я по Волоколамскому иду, там трасса лучше, а в тот раз через Локотню пошел. Да только зря.

— Почему?

— Да мужик этот надолго у меня в пассажирах не задержался. Я его до Дубков довезти обещал, а он и до Краснознаменска не доехал.

— Передумал?

— Нет, в другую машину пересел. Друзья вроде догнали, — ответил Верелыгин. — Черный джип нам в зад пристроился, пару раз посигналил, пассажир велел остановить. Я остановил, он вышел, сел в джип. Что было дальше, я не следил, дал по газам, и домой.

— Что за джип, помните? Описать сможете?

Верелыгин дал точное описание джипа, водителя и пассажиров. Лев на пару со Стасом засыпали его вопросами на протяжении целого часа, тот отвечал безропотно. Никуда не торопился, было видно, что мужик старается. Когда вопросы иссякли, Гуров поблагодарил Верелыгина за помощь, вместе с Крячко сел в машину и вернулся в Москву.

ГЛАВА 8

В Москву приехали около шести вечера. Чтобы сэкономить время, решили разделиться. Гуров взял себе Федота Алмазова и Михаила Олешкина, Крячко же досталась принципиальная дама Веденеева. Бумагу на осмотр автомобиля Гуров выписал еще с утра, так что ехать к ней Стасу предстояло не с пустыми руками. На въезде в город их встретил водитель на служебной машине, вызванный из управления специально для Крячко. На беседу к Веденеевой можно было съездить и на метро, благо жила она в двух шагах от станции «Щукинская», но, для того чтобы объехать ее друзей, которые имели доступ к автомобилю, личный транспорт становился не роскошью, а настоятельной необходимостью.

Федота Алмазова Гуров застал дома. Услышав, по какому вопросу тот приехал, Алмазов тяжко вздохнул и пригласил полковника в дом. Тяжкий вздох стал понятен, как только Лев попал в кухню. Федота Алмазова он оторвал от грандиозного чаепития. Кухонный стол буквально ломился от всевозможных плюшек, кексов, пирожных и тортов. Одних конфет по вазочкам сортов шесть разложено. А еще баночки с вареньем, медом и джемом, блюдце с пастилой и лимоном, засахаренные фрукты и орехи. Завершал картину старинный пузатый самовар.

— Гостей ждете? — осматривая все это великолепие, спросил он.

— Не ждал, — коротко бросил Алмазов.

Гуров и сам догадался, так как чашка на столе стояла только одна, но предположить, что подобную самобранку можно накрыть на одну персону, все равно не мог. Алмазов понял, что именно смущает гостя, снова тяжко вздохнул и принялся объяснять:

— Не подумайте, у меня не каждый день такая трапеза. Просто у родственника юбилей вчера был, а жене его ни мучного, ни сладкого нельзя, вот они все остатки мне и сбагрили. Я сам сладкого мало ем, но не пропадать же добру? Теперь неделю на булках и тортах сидеть.

— Вряд ли вы за неделю справитесь, — с сомнением покачал головой Лев.

— Могу поделиться, — воодушевился Алмазов. — Правда, возьмите часть себе.

Привезете в контору, там, небось, едоков много.

— Спасибо за предложение, но я, пожалуй, откажусь. Давайте лучше поговорим о вашем автомобиле.

— Только уж я есть начну. С утра маковой росинки во рту не было. Хотите, присоединяйтесь. — Алмазов достал из шкафа вторую чашку, поставил перед ним и произнес: — Про машину я вроде вашим сослуживцам все рассказал.

— Напротив, на главные вопросы они от вас ответа не получили, — напомнил Лев.

— Зачем я бампер снял?

— И каким образом левый бок поцарапали.

— Друзьям вашим говорить не стал, потому как молодые они, несерьезные, подначивать станут, — после минутной паузы начал Алмазов. — Ситуация анекдотичная, это я и сам понимаю. Только что теперь поделаешь, раз уж все так сложилось? Вы мужчина серьезный, это сразу видно. А те двое — пустосмешники, это тоже не скроешь. Вы, думаю, поймете меня, старого дурака. Они бы не поняли.

— В этом можете не сомневаться, — заверил Гуров. — Уверен, в моей практике встречались случаи более анекдотичные.

— Ну, это как сказать. — Алмазов слегка покраснел и добавил: — Давайте договоримся: смеяться можно, осуждать нельзя.

Лев промолчал, и Алмазов, собравшись с мыслями, начал рассказывать. На самом деле история его оказалась довольно банальной и, что немаловажно, легко проверяемой. Трудился Федот водителем в частной фирме, предоставляющей услуги по вывозу бытовых отходов и крупногабаритного мусора из любой точки Москвы и Московской области. Работа тяжелая и неблагодарная. После того как неделями собираешь всякую дрянь, хочется чего-то светлого и прекрасного. Порой так хочется, что сил нет.

Вот почему неделю назад Алмазов решил тряхнуть стариной и устроить вечеринку для своих друзей, таких же, как он, работяг, водителей мусоровозов. Компания собралась приличная, восемь душ мужиков, и все холостые да разведенные. Какое развлечение свободным мужикам придумать? Тупо пить — скучно, баб зазвать — пошло. И тут Алмазову в голову пришла гениальная идея: что, если вывезти компанию в областной центр? Там и девки сговорчивые, и выпивка почти дармовая, и природа не чета московским пыльным кабакам. Плюс водоем, в котором и освежиться, и рыбу поудить приятно. Если повезет, бонусом с бахчи арбузов прихватить можно или яблоками у частников разжиться.

Озвучил идею мужикам, те ухватились за нее с охотой. Место Алмазов сам приглядел, не зря ведь по областным центрам разъезжает. Выбор остановил на поселке Птицефабрика. Во-первых, добираться удобно, от МКАД всего десять километров по Дмитровскому шоссе. Во-вторых, народ заезжий там нечасто появляется, а коренного населения меньше двухсот душ. В-третьих, работницы с птицефабрики давно его на пикничок зазывали, да еще водохранилище со всеми его заливами и притоками. Идеальное место для холостяцкой вечеринки.

Решили — поехали. В пятницу к вечеру в поселок три автомашины заехало. У девок знакомых селиться не стали, чтобы независимость не терять. Сняли дом побольше, пригласили баб с фабрики, а дальше все по плану: шашлыки, самогон, арбузы и яблоки. Утром рыбалка, в обед купание, вечером танцы с выпивкой. Так планировали.

Но, как водится, планы жизнь подкорректировала. Первый вечер прошел спокойно, в том смысле, что местные мужики против пришлых претензий не высказывали и на разборки не приходили. Женщины тоже подобрались веселые и культурные. А на второй день понеслось. Утром вместо рыбалки новая порция самогона, в обед тот же самогон вместо купания, да такими объемами, что к вечеру из приезжих мало кто на ногах держался. Вернее, один Алмазов и смог. А баб-то набежало в два раза больше, чем мужиков приехало, и, в отличие от городских, пить они горазды похлеще любого мужика. Выпили, поплясали, потом, как водится, внимания захотели, а все, от кого внимание требуется, на полу вповалку спят. Все, кроме Федота.

Подумали бабы, подумали и решили, что им и одного Федота за глаза хватит. Ох, что тут началось! Одна настойчивее другой на шею Федоту вешаются, взасос целуют, в кусты норовят утащить. А ему самому уж ничего и не нужно, спать бы завалиться, какая тут любовь. Только от пьяной бабы разве отобьешься? Это от одной, а когда их десять?

Сперва плясать заставили, это Федот еще стерпел. Потом в баню потащили, парить веником велели. Федот тоже выдержал. Но когда они фотосессию на его тачке устроить решили, тут он не сдержался. А как сдержишься, когда десять толстых задниц на капот пристраиваются, да еще с вилами и граблями. Кто на капоте не уместился, на крышу полез. Увидел это Федот и давай баб разгонять. Только кишка тонка против десяти-то, обозлил только. И самого тряпками отходили, и машину поуродовали. Бампер оторвали, когда фоткались, а бочину расцарапали, когда его гоняли. Вилами и поширкали.

— Короче, вечеринка в копеечку мне вылилась. А удовольствий — ноль. Ни секса, ни отдыха, только бампер в клочья и кузов под ремонт, — сокрушенно качая головой, завершил рассказ Алмазов.

— В поселке Птицефабрика вашу историю подтвердят, я правильно понял? — уточнил Гуров.

— Еще и от себя добавят, — заверил Алмазов.

— Какого цвета бампер был? — Вопрос прозвучал невпопад, но Алмазов на это внимания не обратил.

— «Серебристый металлик», как и вся машина, — спокойно ответил он.

— Верх или низ?

— Так он одноцветный. Что верх, что низ — одного цвета. Да я вам его показать могу, вон он на лоджии валяется. Выкинуть рука не поднимается, а на место ставить там уже нечего. Восстановлению не подлежит, так мне жестянщик сказал. Выбрось это барахло или на память оставь, будет тебе напоминать о том, к чему бесшабашные гулянки приводят.

— О том, что случилось с бампером, вы и ему рассказали?

— Зачем мне утруждаться, когда его брат вместе со мной в поселок ездил. Он ему все и выложил, когда меня обслужить без очереди уговаривал, — пояснил Алмазов.

Проверять историю Алмазова Гуров не стал, на слово поверил. Слишком много свидетелей подкупать бы пришлось, будь история выдумкой. Вычеркнув Алмазова из списка подозреваемых, он двинулся дальше.

Олешкина дома опять не оказалось, но недовольная жена на этот раз защищать мужа не стала. Сказала, где найти, и дверью хлопнула. Оно и понятно, какой жене понравится, когда в свободный вечер муж вместо семейного досуга зависает в кабачке? И неважно, что располагается тот в двух кварталах от дома.

Кабачок представлял собой спортбар, где на большом экране круглыми сутками транслируются спортивные передачи. Этот продвигал боксерскую линию. В душном помещении сидели мужчины всех возрастов, пили пиво и таращились на экран, где мужики в трусах лупили друг друга кожаными перчатками. Олешкин сидел в одиночестве, пива не пил, хрустел бесплатными сухарями, попутно проглядывая программу передач на неделю.

С ним Гуров решил действовать официально. Предъявил удостоверение, сообщил, что имеет к нему ряд вопросов, и заявил, что тот должен проехать с ним в управление для дачи показаний. Олешкин, привыкший иметь дело с сотрудниками ГИБДД, но никак не с «уголовкой», растерялся и от этого даже возражать не стал. Молча встал, стряхнул крошки с футболки и проследовал за полковником в машину.

В кабинете Гуров усадил Олешкина на стул для посетителей, велел ждать, а сам вышел. Дошел до дежурного, узнал, нет ли новостей от Крячко, потом минут десять бродил по коридорам, ожидая, пока клиент дозреет. Расчет оказался верным. За время его отсутствия Олешкин изрядно вспотел, гадая, что же такого криминального он натворил, что его в половине восьмого вечера притащили на Петровку. Когда Лев вошел, он подскочил на месте и зачастил:

— Товарищ, не помню, как вас зовут, меня что, арестовали? Если так, я имею право на один звонок. Я ведь имею право? Не понимаю, за что вы меня взяли? В жизни уголовщиной не занимался. Правила на дороге нарушать приходилось, но ведь это к уголовному розыску не относится. Если бы я человека сбил, я бы помнил, а то ведь не было такого. Да я собаки ни одной колесами не переехал, не то что человека. Так за что же меня загребли? И где мой адвокат? Я ведь знаю, адвокат мне положен. Слушайте, скажите хоть что-нибудь, не молчите. И дайте позвонить жене! Она и так злится, что я в бар ушел, а если я к полуночи не вернусь, всех собак на меня спустит. А может, и на вас, она у меня женщина боевая, ее погонами и решетками на окнах не напугаешь.

— Все сказали? — Гуров дождался, пока словесный поток иссякнет, раскрыл первую попавшуюся папку с надписью «Дело № », взял ручку, вложил в папку чистый лист и крупным почерком написал имя и фамилию Олешкина.

Тот замолчал, внимательно следя за его манипуляциями. То, что делал полковник, его не успокоило. Он заерзал на стуле, открыл было рот, чтобы что-то произнести, но так ничего и не сказал.

— Отлично! — продолжил Гуров, будто не заметил паузы. — Начнем, пожалуй. Итак, назовите свои имя и фамилию.

— Олешкин Михаил. Да вы ведь сами знаете, зачем спрашиваете? — Олешкин нервничал все сильнее. — И что это за папка? Учтите, подписывать я ничего не стану. И в суде от своих показаний откажусь.

— Еще один фильмов насмотрелся, — вздохнул Лев. — Да остыньте, Олешкин, будет вам и адвокат, и палата с клетчатыми окнами.

— Какая еще палата? Я совершенно здоров, и физически, и умственно. Так и запишите в своей папке.

— Вижу, что здоровы.

— А в чем тогда проблема? Я неправильно припарковался? На красный свет проскочил? Пешеходу дорогу не уступил? — начал гадать Олешкин, перечисляя все возможные дорожные нарушения. — Ведь за это на Петровку не таскают, верно? Тогда что?

— Я вижу, супруга с вами новостями не делится, — издалека начал Гуров. — Странно.

— Какими новостями? Закон новый вышел, а я пропустил?

— Насчет закона не скажу, а вот вопрос, где вы были в конкретный день и в конкретное время, выяснить хотелось бы.

— Меня в чем-то подозревают? Хотите сказать, жена знала, но промолчала? — Олешкин расстроился. — Вообще-то она может. Хрен их разберет, этих баб, чего от них ожидать. Утром поет соловьем, котлетки в тарелку подкладывает, а к вечеру мы уже в контрах, причем произошло это в мое отсутствие.

— С вашей супругой действительно общались мои коллеги, — сообщил Гуров. — Ждали вас, да не дождались. Много работы?

— Хватает, — уклонился от прямого ответа Олешкин. — У вас, я вижу, работенки тоже не убавляется.

— Благодаря вам — нет, — сухо произнес Лев и перешел в наступление: — Меня интересует ваше местопребывание в определенные периоды. Советую не юлить, иначе разговор пойдет в другом русле.

Он назвал дату, когда был найден Струбалин, и тут Олешкин поплыл. Он и до этого чувствовал себя не в своей тарелке, а тут и вовсе размяк. Начал мямлить что-то о тяжелой денежной ситуации, о том, как сложно сейчас найти стоящий заказ и какие высокие запросы у его благоверной. Гуров слушал и понимал, что впустую теряет время. Перед ним сидел обычный пройдоха, не более того. На какие-то серьезные правонарушения Олешкин просто не тянул.

Он не ошибся, ему и давить не пришлось, Олешкин сам все выложил. Дата смерти Струбалина пугала супругов не потому, что муж кого-то убил или совершил иное преступление, а потому, что в тот день он впервые решил надуть своего шефа и отхватить небольшой кусок от его пирога в пользу семьи. Сделать это он решил своеобразным способом. Сын его шефа увлекался игрой в карты, разумеется, на деньги. Олешкин подумал: если уж он все равно проматывает состояние отца, почему бы не предложить ему место для игры там, где сам Олешкин сможет на этом неплохо заработать? Благо таких мест он знал немало. Договорившись с хозяином одного из них, он привез шефовского сынка, чтобы профессионалы использовали его как «дойную корову».

Игра продолжалась больше суток, все это время сынок шефа то проигрывал, то выигрывал, то снова начинал проигрывать, пока не опустошил все карманы и счета на картах. После этого Олешкин отвез его обратно в Москву, сам при этом получил десять процентов от проигрыша подопечного. Сумма вышла приличная, он остался доволен, а когда жена утром пыталась рассказать что-то о визитерах, просто отмахнулся и ушел на работу. После работы домой не пошел, сразу в бар, так и вышло, что рассказать о визите полиции жена не успела.

— Это Вадик меня сдал? — спросил Олешкин после минутной паузы.

— Где происходила игра? — Вопрос Гуров задал больше для проформы. Проверять слова Олешкина, как и слова Алмазова, он не планировал. Зачем, когда и так ясно: ни тот, ни другой к смерти Струбалина и исчезновению Паранина отношения не имеют.

Олешкин назвал место. Населенный пункт располагался в двухстах пятидесяти километрах от Москвы. Время на игру, плюс время на дорогу снижали шанс на то, что Олешкин мог вернуться, подобрать Струбалина и успеть вывезти его в район Лотошино. К тому же вряд ли трусоватый тип, каким оказался Олешкин, станет проворачивать сразу две аферы в один день. Пришлось отпустить его, а фамилию удалить из списка подозреваемых.

Оставшись один, Гуров задумался. Ситуация складывалась невеселая. Подозреваемых прорва, а зацепиться не за кого. Копнуть не успеваешь, а уже пролет. «Может,

Стас прав и Леонид Зуб и есть тот, кого мы ищем? Но почему тогда нет ощущения, что мы на верном пути? Может, оттого, что слишком распыляемся? Поехал Крячко к этой девице Веденеевой, а ведь ни он, ни я не верим в то, что кто-то из ее окружения окажется тем, кого мы ищем. Зачем тогда поехал? Ясно зачем, в уголовной практике не принято игнорировать даже самые пустые варианты, прорабатывать приходится все. Вот вернется он ни с чем, и куда дальше?»

Дальше идти было некуда, Гуров это прекрасно понимал. Придется начинать все сначала. А начало — это автостанция в Мякинине. Там отправная точка для поиска Паранина, там же секрет последней поездки Струбалина. А кроме Верелыгина, ни один кандидат под приметы, собранные в Мякинине, не подходит. Разве что те, кого должны были допросить Агейкин и Ярцев. Но они молчат. Либо вызванные по повестке владельцы «Фольксвагенов» не пришли, либо ничего стоящего в процессе их визита помощники не выяснили.

Лев взглянул на часы. Без четверти десять. Надеяться застать хоть одного из помощников на месте в такой час было глупо. Они свои часы еле отрабатывают, не то что на сверхурочные оставаться. И все же откладывать до утра не стоит, лучше связаться с ними по телефону, чем ждать еще двенадцать часов. Он набрал номер Агейкина. После второго гудка тот ответил сонным голосом:

— Слушаю, товарищ полковник.

— Я тебя разбудил?

— Задремал маленько, — признался Агейкин. — Что-то случилось?

— Узнать хотел, что там у вас? По повесткам люди приходили?

— Мы же отчет у дежурного оставили, — удивился Агейкин. — Вам не передали?

— Не передали.

— Если в двух словах — пусто. У Самохвалова отчет спросите, там все подробно расписано.

— Ладно, спи дальше, — сжалился Лев. — Утром поговорим.

— Отчет спросите, — второй раз напомнил Агейкин и отключился.

По внутренней связи Гуров вызвал дежурного. Тот прискакал через минуту. И сразу отчет на стол. С извинениями. И как это, мол, он забыл про папку, которую для полковника оставили. Кивком головы Гуров отпустил дежурного и занялся изучением отчета. Пролистал страницы, захлопнул папку и, отшвырнув ее в сторону, сердито произнес вслух:

— Ерунда на постном масле!

— На кого бузим? — ввалился в кабинет Крячко. — Что рассердило гениального сыщика?

— Да все то же, — кивком головы указал на папку Лев. — Агейкин с Ярцевым допросили двух последних кандидатов. И снова «пустышка». У тебя как?

— Порадовать не смогу, работа выполнена, результат нулевой. Ни один из приятелей Веденеевой к исчезновению Паранина и смерти Струбалина отношения не имеет, — расплываясь в широкой улыбке, заявил Стас.

— Чего тогда лыбишься?

— Две минуты назад участковый из Сычева звонил. Леонид Зуб объявился. При деньгах и с дружками. Гульбарий у них по полной программе. Придется прокатиться, друг мой сердечный. Зуб даю, он это, Лева!

— Очень смешно, — оценив каламбур, пробурчал Гуров. — Ладно, поехали. Все равно других вариантов нет.

Затеваться с организацией группы захвата он посчитал лишним. Зачем? Их с Крячко вполне хватит, чтобы одного пропойцу повязать. Собрались, табельное оружие прихватили и поехали. В Сычево прибыли ближе к полуночи, дом Леонида Зуба Крячко показал. Подъехали, двигатель заглушили, никто и внимания не обратил. В доме Зуба окна нараспашку, свет горит, музыка на всю улицу гремит. Соседи по домам попрятались, свои окна позакрывали. Зубу что, он человек свободный, а им наутро работать.

У дома дожидался участковый. Он сидел на поваленном дереве, скучающим взглядом скользя по дороге. При виде полковников подскочил, доложил обстановку. В доме, по его подсчетам, находилось шесть человек, включая хозяина.

— Автомобиль загнали во двор. Калитка открыта, можно беспрепятственно произвести осмотр машины, не ставя владельца в известность, — сообщил он.

— Сам осматривал? — поинтересовался Крячко.

— Не было возможности. Гости то и дело из дома в уборную шастали, минут двадцать как угомонились.

— Угомонились? — намекая на гремящую музыку и гвалт голосов из окон, поддел Стас. — Это так теперь называется?

— Сейчас уже потише, а то еще и во дворе орали. Они часа два куролесят, скоро спать завалятся, — объяснил участковый.

— Ладно, пойдем машину осмотрим, — махнул рукой Гуров, и вся компания направилась во двор.

«Фольксваген» стоял прямо за воротами. Хозяин не потрудился закрыть двери, после поездки они так и остались нараспашку. Первым делом Гуров осмотрел левое крыло, но повреждений не заметил. Бампер, как и положено на этой модели, окрашен в один цвет. Он перевел взгляд на Крячко, тот пожал плечами, мол, ничего это не значит. Ковырнул краску на крыле и, когда ноготь окрасился серебром, торжествуя, ткнул окрашенным пальцем в сторону Гурова. Теперь тому пришла очередь пожимать плечами.

Крячко обошел автомобиль, остановился у передней пассажирской двери, внимательно осмотрел и на боковой стороне нашел свежие следы от краски.

— Видишь, и здесь окрашено. С чего бы это Зубу вдруг приспичило малярить? — шепотом спросил он, и сам же ответил на свой вопрос: — А с того, что следы преступления заметал.

И тут из окна донесся окрик:

— Эй вы, какого хрена у машины третесь?!

Крячко оглянулся, из дальнего окна высунулась пьяная рожа, вращавшая красными от пьянки и недосыпа глазами.

— Зуб? — вполголоса спросил Стас участкового.

— Нет, дружок его. Имени не знаю, видно, из новеньких, — ответил участковый и потянулся за удостоверением. — Может, представимся?

— Успеется, — остановил его Крячко. — Подождем, пока Зуба позовет.

А тот и не думал хозяина звать. Видно, решил, что такие незначительные персоны внимания дополнительного не требуют, сам, мол, разберется.

— Валите отсюда, лохи колхозные! Даю вам пять секунд, после кровью харкать заставлю! — заорал он во все горло.

Крик его перекрыл звуки музыки и привлек внимание гостей, развлекающихся в доме. Из окон начали высовываться морды, одна пьянее другой. Видимо, кто-то из гостей оказался местным, так как, признав участкового, громко завопил:

— Атас, братва, «мусора»!

После этого окрика морды как ветром сдуло. Под орущую музыку они начали выскакивать кто в окно, кто в дверь и разбегаться во все стороны.

— Гляди в оба, чтобы Зуб не сбежал, — приказал участковому Гуров, а сам бросился в дом.

Крячко сориентировался и перекрыл выход на задний двор. Участковый остался у машины. Не успел Гуров скрыться за дверью, как в центральном окне показался Леонид Зуб. В руках он держал двустволку. Направив ее на участкового, он приложил палец к губам и полез из окна во двор. Участковый растерялся, мысли понеслись со скоростью света. Что делать? Звать Гурова, рискуя получить заряд дроби в живот, или промолчать, как требует Зуб? Успеет полковник вернуться, если он его окликнет? Дать возможность Зубу убежать, а потом организовать погоню?

Неизвестно, как бы поступил участковый, только в дело вмешался Крячко, своевременно выглянувший из-за угла. Он мгновенно оценил ситуацию и рванул наперерез Зубу, крикнув на ходу:

— Лева, страхуй! Зуб из дома через окно валит!

Зуб, уверенный в том, что спасение близко, разозлился вмешательству. Рванул вперед, перескочил через невысокие кусты, метнулся к сараю. Крячко кинулся за ним. И тут Зуб начал палить. Два выстрела прозвучали одновременно. Спьяну Зуб влупил оба выстрела в стену сарая, старая пакля моментально загорелась, и дверной проем сарая в считаные секунды заволокло дымом.

— Вот ведь идиот! — выругался Стас. — Какого черта творишь, Зуб? Выходи, пока весь сарай огнем ни занялся!

Зуб не ответил, а спустя минуту голова его высунулась из слухового окна под крышей сарая. К тому времени участковый успел прийти в себя и присоединился к Крячко.

— Ленька, выходи, оболтус! Сгоришь живьем! — прокричал он и замахал Зубу рукой.

Вместо того чтобы внять уговорам, Зуб прицелился и выстрелил снова. Дробь прошила землю в паре метров от ног участкового. Тот отскочил назад и заорал:

— Придурок, кончай палить! Ты и так срок себе настрелял, хочешь «мокруху» добавить?

— Да пошел ты! — подал наконец голос Зуб. — Убирайся, и дружков своих забирай! Я на своей земле защищаю, как могу.

— От кого защищаешь, Зуб? Полиция во дворе, не понимаешь, чем тебе это грозит? — крикнул Крячко.

— Я тебя знать не знаю. «Ксиву» ты мне не показывал, значит, чужак на моей земле. Вали отсюда, мент! — не унимался Зуб.

Язык у него заплетался, двустволка в руках вихлялась из стороны в сторону.

К Крячко присоединился Гуров.

— Что делать будем, Стас? — вполголоса спросил он.

— Да что тут сделаешь? Дверной проем горит. К сараю подхода никакого, разве что лестницу тащить, но под дуло двустволки кто полезет? Лично я — пас. За такого придурка шкурой рисковать? На черта оно сдалось.

— Ведь правда сгореть может, — покачал головой Лев.

— Да и пусть горит! — Крячко снова выругался. — Сам видишь, он в дупелину пьян, пока не протрезвеет, с ним не договоришься.

— Может, кто из дружков сумеет убедить? — предложил участковый.

— Молчал бы ты! — зло оборвал его Стас. — Из-за тебя вся эта катавасия. Какого лешего ты ему из окна вылезти позволил?

— Он же с ружьем, — начал оправдываться участковый. — Жить-то охота.

— Он с ружьем, а ты с пустой кобурой, что ли? Предупредительный всандалил, он бы мигом стрелять передумал. Жить ему охота. А вот тебе, дружок, погоны потерять охота, это точно.

— Хватит препираться. Давайте думать, как Зуба из сарая выкурить. Кстати, пожарных кто-нибудь вызвал? — Гуров посмотрел по сторонам. Из соседних домов начали выползать люди. — Вот они и вызовут.

Он быстрым шагом пересек двор, перебросился парой слов с соседом Зуба и вернулся обратно. Пробегая через двор, Лев служил неплохой мишенью, но Зуб почему-то больше не стрелял.

— Может, у него патроны кончились? — предположил Крячко. — Второпях сунул горсть в карман, пару раз пальнул, больше и нечем.

— Давай проверим. — Лев решительным шагом вышел из-за дерева и направился к сараю.

— Стой, где стоишь, мент! — заорал из слухового окна Зуб. — Башку снесу, мне терять нечего!

— Пока еще есть что терять. И немало, — не останавливаясь, крикнул в ответ Гуров. — Спускайся, Леня! Забудем про стрельбу, сядем, поговорим по душам. Все лучше, чем в горящем сарае сидеть.

— Тебе лучше — ты и не сиди, — заявил Зуб. — А мне и здесь неплохо.

— Леня, ты физику в школе учил? Если учил, тогда знаешь, что в безветренную погоду дым от костра поднимается строго вверх. В закрытых помещениях он скапливается под крышей. Понимаешь, чем тебе это грозит? — Говоря, Лев продолжал идти, но Зуб опять не стрелял, это могло означать лишь одно: патронов у него больше не было. — Скоро ты задыхаться начнешь. Потеряешь сознание и выйти уже не сможешь. А мы в огонь ради тебя не полезем, даже если полезем, не факт, что успеем спасти.

— Моя жизнь, хочу, сожгу себя, вас не спрошу. — Зуб еще хорохорился, но по тону было слышно, что ему страшно.

— Не дури, Ленька, выходи, пока не поздно. Вон дружки твои возвращаются, видишь, от дороги руками машут? — Лев остановился в трех шагах от сарая, пошарил глазами, увидел лестницу.

— Врешь ты все! Нет там никого, свалили мои дружки, падлы вонючие!

— Тебе просто дорогу не видно, — продолжал уговаривать Гуров. — Ты выгляни в окно, сам увидишь. Слева на дороге толпа стоит. Это друзья твои. Переживают.

Осторожно, стараясь не шуметь, он поднял лестницу, установил ее вертикально и прислонил к стене. Лестница оказалась короткой, верхний край не доставал до слухового окна на добрый метр.

«Ничего, как-нибудь дотянусь. Мне бы только наверх подняться, пока стена не занялась. Еще есть шанс. Повезет, Зуб вылезет, тогда проще будет», — подумал Лев и начал подниматься по лестнице.

Крячко понял замысел друга еще до того, как тот поднял лестницу. Как только Гуров начал подниматься наверх, он вышел на центр двора и заговорил, обращаясь к Зубу:

— Послушай, стрелок ворошиловский, не надоело тебе в ковбоя играть? Спускайся давай! Все равно патроны кончились.

Вместо ответа из окна вылетел кусок кирпича и упал в метре от его ног.

— Да ты еще камнями кидаться вздумал! — рассердился Крячко. — Беспредельничаешь, Зуб!

— У меня требование, — вдруг заголосил Зуб. — Требование, слышите, «мусора»? Там у вас свидетелей полон двор, верно? Так я при свидетелях говорю: у меня требование!

— Озвучивай свое требование. — Крячко было не до смеха, так как народу и правда набежало достаточно, а требование — это тебе не угроза, его выполнять придется.

— Хочу, чтобы вы убрались с моего двора. За забор убрались. Иначе сожгу себя заживо! — выдал Зуб. — В случае отказа в моей смерти прошу винить полицию. Это они не дали мне время уйти из сарая.

— Вот засранец! — процедил Стас, вернувшись под защиту дерева. — Быстро соображает.

— И что теперь делать? — спросил участковый.

— Выполнять требование. Не хочешь же ты, чтобы нас в его смерти обвинили.

— Так он же уйдет, — заволновался участковый.

— Далеко не уйдет, — успокоил его Стас. — Делай, как я, понял?

Участковый кивнул в знак согласия. Крячко сделал два шага назад, чтобы увеличить расстояние, отделяющее его от сарая, и пошел к калитке. Остановившись в месте, которое просматривалось из слухового окна, он прокричал:

— Смотри, Зуб, мы уходим! Даем тебе десять минут форы. Успеешь уйти — считай, повезло. Запомни, Зуб, десять минут, и ни минутой больше! — и сделал еще пару шагов.

Из слухового окна показалась голова Зуба. Дым к тому времени поднялся до самой крыши, видимость испортилась, поэтому Зубу пришлось вылезти чуть ли не на полкорпуса. Крячко краем глаза наблюдал за Зубом, остальное внимание сосредоточил на фигуре друга, застывшего на последней ступени лестницы. «Не дотянуться ему, слишком далеко от окна, — прикинул он в уме. — Эх, жалко, эффектное задержание получилось бы!»

Чтобы лучше видеть, что происходит во дворе, Зуб вылез еще дальше. Дым полз по стене, закрывая от него то, что происходит под самым носом. Гуров воспользовался ситуацией. Он дотянулся до оконного проема, ухватился одной рукой за перекладину, а второй захватил предплечье Зуба. От неожиданности тот выронил двустволку, она с глухим стуком ударилась о стену и полетела на землю.

— Пусти, придурок! Разобьемся оба! — заорал Зуб.

Но Гуров хватку не ослабил. Наоборот, начал тянуть стрелка к себе. Тот, как мог, сопротивлялся, упираясь ногами в пол и стену. Тогда Гуров выпустил перекладину, перехватился второй рукой за пояс брюк Зуба и рванул его на себя. Какое-то время Зуб балансировал над оконным проемом, но не удержался и полетел вниз. Сгруппировавшись, Лев полетел вслед за ним.

Минута, и оба катились по земле. Зуб громко кричал от боли, коленная чашечка на правой ноге неестественно вывернулась, на левом плече образовалась рваная рана, на щеке наливалась кровью ссадина. Крячко и участковый уже бежали к месту падения. Пока Стас заламывал руки Зубу и защелкивал на запястьях наручники, участковый осматривал Гурова.

— Товарищ полковник, вы целы? — раз за разом повторял он. — Невероятно, вы целы!

— Уйди от греха! — простонал Гуров. Он принял сидячее положение, потряс головой. Падение с высоты особого вреда не нанесло, только в голове шумело. То ли от удара, то ли от дыма, которым он успел изрядно надышаться.

— Лева, ты как? — поднимая на ноги Зуба, бросил через плечо Крячко.

— Я в норме. Пакуй его, Стас! — Гуров поднялся, поднял двустволку и заковылял к машине.

Крячко тащил туда же Зуба. По дороге он растолкал толпу, протиснулся к машине, запихнул задержанного на заднее сиденье и сел рядом. Участковый уже начал разгонять любопытных.

— Расходитесь, граждане, тут вам не цирк! — командовал он.

— Какой расходитесь, олух! — выглянув из окна и не сильно беспокоясь о корректности построения фраз, окликнул его Крячко. — Пожар тушить кто будет?

— Виноват, товарищ полковник, — смутился участковый и тут же отдал новую команду: — А ну, парни, хватайте ведра, наполняйте водой. Пока пожарная команда приедет, весь наш поселок выгорит. Не стойте столбами, вам говорят! До колодца и обратно, живо!

Когда машина с операми вырулила из проулка, к сараю выстроилась дружная цепочка. Поселковый люд начал борьбу с огнем. «Теперь точно все», — облегченно вздохнул Лев и повел машину в Москву.

ГЛАВА 9

Домой в тот день Гуров попал только к двум часам ночи. Жена поворчала для проформы, поставила в микроволновку ужин, нажала на пуск и отправилась спать. «Ублажать трудоголика, когда все нормальные люди давно спят, не намерена», — заявила Мария. Гуров не настаивал, ему было над чем поразмышлять, так что в этот вечер в компании он не нуждался, а накрыть на стол и сам в состоянии.

Пошарив в холодильнике, он добавил к приготовленным женой котлетам с макаронами маринованные огурцы, приправил гарнир соусом, нарезал хлеб. От чая отказался в пользу сока, налил его в пузатый стакан, сел и начал жевать. Усталость навалилась с первым проглоченным куском, но он подавил желание все бросить и лечь спать. Беспокойное задержание Леонида Зуба требовало осмысления.

Пока Зуба везли на Петровку, он несколько протрезвел. Поняв, каких бед натворил, стал как шелковый. С операми разговаривал исключительно в вежливой форме, сыпал извинениями и валил все на недоразумение и водку. По-трезвому, мол, ни в коем случае такого случиться не могло. Сам я белый и пушистый, это водка меня неадекватным делает. Но, как всем известно, алкогольное опьянение лишь усугубляет вину в глазах закона, и снисхождения Зубу никто обещать не стал.

Промурыжили его долго. Допытывались и насчет свежей краски, и насчет долгого отсутствия, и по поводу внезапного появления наличных средств, на которые он поил ораву друзей. Про Мякинино вопросы задавали. Фотографии Паранина и Струбалина под нос совали, а все впустую. Зуб не признал ни Паранина, ни Струбалина. Подвозить никого привычки не имел, в Мякинино ни разу в жизни не был и вообще в означенные дни находился в компании друзей, что последние с превеликим удовольствием подтвердят. Помимо друзей он назвал пару-тройку независимых свидетелей, которые в выгораживании бывшего заключенного не заинтересованы. В день, когда исчез Паранин, Зуб находился за сто восемьдесят километров от Москвы в местечке под названием Зарайск. Поехал туда по приглашению: местный делец отдавал металл по смешной цене, но вывезти груз надо было быстро. В Зарайске он провел два дня. Возможности перевезти то количество металла, которое получил практически задаром, у него не было, поэтому пришлось искать перевалочную базу. Как ни странно, женщины на Зуба клевали, как щука на блесну. Через пару часов после приезда в Зарайск он нашел себе зазнобу, которая позволила перетащить металлический лом к ней во двор. Там Зуб и завис на двое суток. Адрес зазнобы предоставил и даже телефоном поделился. Оставалось лишь дождаться утра и проверить его слова, но Гуров и так знал ответ. Исчезновение Паранина отпадало.

Когда умер Струбалин, Зуб находился в Москве, но быть тем, кто подвозил рыбака, никак не мог. Накануне, выгружая очередную порцию металла, он воткнул арматурину в бедро, разумеется, по пьяной лавочке. Друзья отвезли его в больницу. Рана оказалась довольно глубокая, к тому же загноилась от грязи, пришлось накладывать швы, промывать рану антисептиками, сбивать подскочившую температуру. Короче, выписали Зуба из больницы только через три дня. Эту информацию проверили сразу, позвонив в приемное отделение. Там слова Зуба подтвердили.

Вот и получалось, что за бывшим сидельцем гонялись они напрасно. И жизнью своей рисковали за так, и его под статью подвели без пользы. Теперь Зубу грозило лишение свободы за нападение на сотрудников полиции с применением огнестрельного оружия. Гурова это обстоятельство огорчало, так как убежденным скептиком он никогда не был и не считал, что если человек один раз попал в тюрьму, то на всю жизнь уголовником останется. Но ситуация сложилась так, как сложилась, и вернуть все назад было не в силах полковника.

Еще сильнее огорчало его то, что расследование снова зашло в тупик. Теперь все, что у них осталось, это черный джип «Лендровер», который, по словам Верелыгина, забрал Паранина посреди дороги. Джип, его водитель и пассажиры. Это направление они собирались начать прорабатывать с утра. Описание Верелыгин дал настолько полное, насколько вообще можно полно описать автомобиль и людей, которых видел мельком и всего один раз.

Номера машины он не запомнил, только первую букву и две первые цифры. Ввести их в базу и отфильтровать подходящие — дело пятнадцати минут. Затем снова, как в случае с «Фольксвагеном», идти строго по списку. Найдут джип, найдется и водитель, а через него и пассажиры. Вопрос в том, станут ли они говорить? Слово Верелыгина против их слова — перспектива не радужная. А доказательств нет. Если в машине и были улики, то владелец джипа об этом наверняка позаботился. Загнал тачку на автомойку, заказал полную чистку, и никаких проблем.

Другой вопрос, мог ли Верелыгин солгать насчет джипа? Мог, но зачем, это же так глупо. Еще и половину номера сказал. Разоблачить его ложь очень легко, значит, и врать бессмысленно. Выходит, он говорил правду. И снова возникает вопрос: зачем владельцу автомобиля стоимостью в несколько миллионов похищать страхового агента и продавца рыболовного магазина? Или все же эти случаи не связаны один с другим?

Страхового агента — еще куда ни шло. Случился у владельца джипа страховой случай, он деньжат хотел по-легкому срубить, а тут Паранин приехал и доказал, что случай под страховую выплату не подходит. Владелец джипа обид не прощал и с Параниным разобрался не по-детски. Верится с трудом, но все же вариант.

Со Струбалиным и месть не прокатывала. Не станет же серьезный делец, каковым, по идее, должен быть владелец крутой тачки, мстить за некачественную удочку, которую мог продать ему Струбалин. Или за уведенную из-под носа крупную рыбу, если предположить, что они пересекались на рыбалке. За что еще мог мстить владелец джипа продавцу и рыбаку? Да ни за что не мог, глупость несусветная! Ситуация, притянутая за уши, вот что такое все эти умозаключения.

И все же Верелыгин говорил правду. Возможно, часть правды. Странный он тип, этот Верелыгин. Еще надо разобраться, что за история произошла с его братом и как так вышло, что Сергей остался жив, а Дмитрий утонул. И где его месяц носило. Пожалуй, все-таки стоит прощупать Верелыгина повнимательнее. Не нравился он Гурову. Его готовность сотрудничать тоже не нравилась. Как-то все мутно и неприятно. После визита к нему осадок у Гурова остался. Что-то не давало ему покоя. Быть может, тот огонь, который вспыхнул в его глазах, когда речь зашла о брате. Странный огонь, почти безумный. Неужели воспоминания о нем и через год не потускнели? Татьяна, соседка Верелыгиных, говорила, что братья были очень близки. Может, действительно никак не получается смириться с мыслью, что тот умер? А лицо у него все равно неприятное. Улыбка открытая, жесты широкие, а ощущение все равно такое, будто он всех людей ненавидит.

Впрочем, кроме ощущений, опереться Гурову не на что, а ощущения к делу не подошьешь. Было что-то еще, что смущало Льва, но уловить это «что-то» ему не удавалось. Наедине в лесу он с ним остаться не хотел бы, это точно. Есть выражение: «человек себе на уме». Так это про Верелыгина.

Вообще, если подумать, много чего на нем сходится. В Пудыши он ездит каждый день в течение целого года, значит, все дороги изучил, и центральные, и проселочные. Оба происшествия как раз на этом районе завязаны. Работа с разъездами сопряжена, что тоже дает основания для подозрения. График относительно свободный, не пропускная система. Попутчиками не брезгует, сам признался. Опять же эта странная привязанность к городским булкам с автобусной станции. Именно с той, откуда Паранин уезжал. Знать бы точно, что Струбалин в последнюю поездку из Мякинино отправился, и раздумывать бы не пришлось. Но Гуров этого наверняка не знал, свидетелей, которые видели бы Струбалина на автостанции, он найти не смог.

Труп Паранина не обнаружен, но это вопрос времени. Сам Лев давно страхового агента в покойники записал, как ни прискорбно это звучало. Паранин — труп, и Струбалин — труп. Трупы из «Фольксвагена». Что заставило владельца этой машины остановить свой выбор именно на них? Чем-то они ему не понравились или чем-то не угодили? А что, если жертвы между собой как-то связаны? Эту версию никто не проверял, а ведь она могла бы стать рабочей.

Паранин и Струбалин — могли они быть знакомы? Москва — большая деревня, так ведь говорят, могли и пересекаться. Эх, жалко, мысль раньше в голову не пришла, уже бы знал ответ. Паранин занимался страхованием, Струбалин мог обратиться к нему для оформления страховки на дом или на дачу. Паранин рыбаком не был, но мог иметь друзей или коллег, интересующихся рыбалкой. Познакомились в магазине, после чего стали общаться. Почему нет? С Дорониным же так и вышло. Сначала покупки, затем совместная рыбалка.

Разница в возрасте небольшая, Паранину — тридцать девять, Струбалину — сорок два. Учиться могли в одной школе или в детстве жить в одном дворе. Интересно, москвичи они или приезжие? Могли и в армии вместе служить, если один после школы, а второй после института под призыв попал. Впрочем, возможно, они вообще воинскую повинность не отбывали. Сейчас эта практика довольно распространенная.

Спать оставалось меньше трех часов, пора было укладываться Гурову в постель, чтобы хоть тело отдохнуло. Перебирал варианты долго, только к пяти сон сморил окончательно, а в шесть он уже был на ногах. Голова гудела от недосыпа, пришлось пить обезболивающее. Завтракать не стал, выпил кофе, сунул в карман яблоко и вышел из дома.

У подъезда его остановил сосед. Каждое утро он прогуливался возле дома со своим четвероногим другом дворовой породы по кличке Кобель. Кличка прилипла к псу еще в те времена, когда он бездомным щенком рыскал возле мусорных баков. Несмотря на малый возраст, к особам женского пола он питал непреодолимую тягу. Стоило во дворе появиться собаке женского пола, как щенок мчался к ней на всех парусах, позабыв о найденной косточке, и заводил свадебные игры.

— Утро доброе, Лев Иванович, — поздоровался сосед.

— И вам доброго утра, — кивнул в ответ Гуров.

— Что-то выглядите вы неважно. Лицо осунулось, глаза красные. Не заболели, часом? — не утруждая себя правилами корректности, заметил сосед.

— Со мной все нормально, спал мало, — нехотя ответил Гуров. — А вот пес ваш точно приболел. Что с лапами?

У Кобеля обе передние лапы были замотаны бинтами, отчего казалось, что хозяин нарядил его в белые гольфы. Сосед проследил за взглядом Гурова и печально вздохнул:

— Ваша правда, Лев Иванович, приболел мой Кобелек. Да не в лапах проблема, а, похоже, в голове.

— Болит голова, а страдают лапы? Это как? — заинтересовался Лев.

— Да так. В мозгу, видно, у него что-то повернулось. Найдет во дворе стекло и давай копать, пока из лап кровь сочиться не начнет. Вы ведь знаете, раньше я его во двор выпускал и горя не знал. Первая прогулка за мной, в утренние часы машин во дворе слишком много, чтобы можно было Кобеля без поводка отпускать, а в обед он сам по себе. Только это было раньше. Теперь и в день, и в ночь я с ним хожу. Слежу, чтобы по стеклам не бегал. А он, стервец такой, все равно умудряется. Устал лапы ему перекисью заливать.

— Может, чувствительность лапы потеряли? Не чувствует боли, поэтому и копает там, где стекло.

— Нет, Лев Иванович, это я в первую очередь проверил. С чувствительностью все в порядке. Доктор сказал, стареет пес, в мозгу поворот произошел, сам боли ищет.

— Разве такое бывает?

— Выходит, бывает.

— Сочувствую, — искренне пожалел соседа Гуров.

— Ничего, я справляюсь. Ну, идите, Лев Иванович, а то задерживаем мы вас своими проблемами.

Кобель весело махал хвостом, провожая полковника взглядом. На больного он совершенно не походил. Все как всегда, соседей приветствует, хвостом виляет, землю нюхает. «Кто бы мог подумать, что и у собак с головой проблемы бывают, — садясь в машину, подумал Гуров. — И ведь не на цепи, и с дамами воздержания нет, а психика пошатнулась. Может, напугал кто-то, а может, действительно старость».

Приехав в управление, он направился прямиком к Жаворонкову. Несмотря на ранний час, тот был уже на месте. Гуров по памяти продиктовал ему часть номера «Лендровера», попросив пробить по базе и отфильтровать все московские автомобили данной марки. Жаворонков тут же принялся за дело, пообещав выполнить задание как можно скорее.

Крячко еще не приехал, дожидаясь его прихода, Лев созвонился с Ниной. Фамилии Струбалин она от Паранина ни разу не слышала. Родился Паранин в Москве, вернее, в Подмосковье, там же и в школе учился. В армии он не служил, поступил в институт, Нина назвала и институт, и факультет, хоть вспомнила и не сразу. По поводу того, оформлял ли Паранин страховку клиенту с фамилией Струбалин, она обещала выяснить в течение часа. Ноутбук с рабочими документами все еще оставался у нее, а, зная педантичность Паранина, Нина была уверена, что тот хранит архив за все годы работы страховым агентом.

После разговора с Фадеевой Лев набрал номер Доронина. Особой надежды на то, что тот знаком с приятелями Струбалина, он не питал, но попытаться стоило. Как и предполагал, Доронин от Струбалина ни одной фамилии не слышал. Дружил ли продавец с кем-то из покупателей помимо самого Доронина, мог сказать с уверенностью: дальше магазина дружба не выходила. И у них бы не вышла, если бы не слух о том, какой волшебный клев вдруг случился на озерах близ дачи Струбалина.

На всякий случай Лев связался и со сменщиком Струбалина, но с тем же результатом. О Паранине тот не слышал, и вообще о каких бы то ни было друзьях напарник при нем не говорил. Только дал отбой, позвонила Нина. Она просмотрела записи за последние пять лет и ни одного клиента с фамилией Струбалин не нашла. На всякий случай прошлась по социальным сетям, вдруг там Паранин с рыболовом общался? Но нет, и этот вариант не подтвердился.

Пришлось версию знакомства жертв зарубить на корню. А тут пришел Жаворонков и обрадовал известием, что по номерам сошелся всего один вариант. Владелец джипа, Устинкин Павел Егорович, тридцати двух лет, занимался торговлей недвижимостью, причем дела его шли довольно успешно, если верить столичным СМИ. Фигурой он оказался в определенных кругах известной, координаты его фирмы на всех сайтах высвечивались.

Гуров решил не дожидаться Крячко, а поехать прямиком к Устинкину и побеседовать. Закрыл кабинет и отправился на Большую Пироговскую улицу, где у Устинкина располагался головной офис. Припарковаться поблизости не получилось, район густозаселенный, да еще сплошные клиники вокруг, пришлось оставить машину на расстоянии в три квартала и остаток пути пройти пешком.

Офис Устинкина дверь в дверь соседствовал с военторгом. Мужчины в штатском и в форме заполнили весь холл, легко понять, кто из них в какую контору ждет очереди. Гуров проигнорировал и тех, и других, прошел через толпу и обратился к девушке на ресепшене.

— Могу я пообщаться с Устинкиным? — предъявляя удостоверение, спросил он.

Народ начал было возмущаться, но девушка мило улыбнулась и провела полковника мимо недовольных в узкий коридор. Там указала дверь с табличкой, на которой золотом светилась фамилия основателя фирмы, и испарилась. Гуров дважды стукнул костяшками пальцев по обшивке двери, после чего вошел, не дожидаясь ответа.

За столом сидел Устинкин, сосредоточенно смотрел в монитор портативного компьютера и непрерывно щелкал мышью. Согласно описанию Верелыгина, это и был водитель джипа. Высокий, молодой, с кудрявой шевелюрой, отливающей медью. Деловой костюм, белая сорочка и яркий платок в нагрудном кармане.

Лев с минуту постоял в дверях, но его приход остался без внимания. Тогда он прошел ближе к столу и поздоровался. Снова никакого эффекта, Устинкин даже на секунду глаз от монитора не оторвал. Лев обошел стол, взглянул через плечо мужчины на монитор и понял причину: большой начальник рубился в «танчики». В ушах у него были наушники.

— О времена, о нравы, — проворчал он и с силой опустил ладонь на плечо игрока.

Тот вздрогнул, но мышь не выпустил. Дернул шнур наушников и, не поворачивая головы, спросил:

— Вы по какому вопросу?

— По профессиональному.

— У секретаря были?

— Предпочитаю общаться без посредников.

— Придется сделать исключение. Меня еще сорок минут ни для кого нет, — заявил

Устинкин и попытался вернуть наушники на место.

— О нет, так дело не пойдет, — возмущенно проговорил Гуров и хлопнул крышкой ноутбука.

Игра прервалась, Устинкин вскочил с места, но Лев ловко подсунул ему под нос удостоверение, и тот мигом остыл.

— Приношу извинения за варварский метод, но иначе до вас не достучаться, — ничуть не сожалея о своем поступке, произнес он.

— В чем, собственно, дело? — нахмурился Устинкин. — «Корочки» оперативника дают вам право врываться в мой кабинет и устанавливать свои порядки?

— В какой-то степени, — едва сдерживая улыбку, ответил Лев, а про себя подумал: «Хорошо еще, не сказал мешать работе, было бы совсем интересно».

— Представьтесь, пожалуйста, чтобы я знал, на кого жалобу писать, — потребовал Устинкин.

— Полковник Гуров Лев Иванович, старший оперуполномоченный Главного управления Московского уголовного розыска, — по всей форме отрапортовал Гуров. — Теперь ваша очередь. Представьтесь, чтобы я знал, на чье имя оформлять ордер на арест.

— Вот как? Арестовывать меня пришли? За какие заслуги, расскажете, или это секрет? — Устинкина угроза не напугала, впрочем, как и его угроза не напугала Гурова.

— Сначала представьтесь, — вновь потребовал он.

— Президент ассоциации «Доступное жилье» Устинкин Павел Егорович. Директор фирмы «Квадратные метры», — выдал свои регалии Устинкин. — Что дальше?

— Дальше присаживайтесь, разговор есть, — заявил Гуров и сам сел на ближайший стул, выдвинув его так, чтобы оказаться точно напротив хозяина кабинета.

Устинкин опустился в кресло, с сожалением отодвинул в сторону ноутбук, положил руки на стол и, сцепив пальцы в замок, проговорил:

— Я вас внимательно слушаю.

— Скажите, вам знаком гражданин Паранин?

— Он занимается недвижимостью?

— Нет, он страховой агент.

— Из какой конторы?

Гуров назвал фирму, в которой работал Паранин. Устинкин наморщил лоб, пошевелил губами и выдал:

— С такой фирмой мы не работаем.

— Возможно, это знакомство личного характера, — настаивал Гуров. — Вы ведь не станете утверждать, что все ваши знакомства ограничиваются только деловым кругом?

— В личных знакомых Паранина у меня точно нет, тут и вспоминать не нужно, — заявил Устинкин. — Круг личных знакомств у меня не так велик, как хотелось бы.

— Что так? Не встретили достойных людей? — не удержался от колкости Лев, Устинкин ему совершенно не импонировал, его манера держаться вызывала лишь раздражение.

— Этот вопрос я, пожалуй, проигнорирую, — не поддался на провокацию Устинкин. — Скажите, чем так знаменит этот Паранин? Он что, внебрачный сын президента?

— Увы, чей он сын, мне неизвестно. А знаменит он тем, что порядка трех недель назад сел в ваш джип в районе Краснознаменска, и больше его никто не видел, — наблюдая за реакцией хозяина кабинета, сообщил Гуров. — Не скажете, куда вы его отвезли?

Прежде чем ответить, Устинкин молчал добрых пять минут. Переваривал информацию, а может, готовил достойный ответ.

Лев его не подгонял, уж больно интересно было, как тот выкрутится. Однако выкручиваться Устинкин не стал. Взял со стола перекидной календарь, пролистал на месяц назад и начал читать заметки, листок за листком. Читал вслух, так, чтобы полковнику было слышно каждое слово. Читал долго, а когда дошел до текущей даты, остановился и с сарказмом спросил:

— Хоть раз в моих заметках упоминался населенный пункт Краснознаменск?

— Вы точно не упомянули, однако мне, как старшему оперуполномоченному по особо важным делам, данный факт ни о чем не говорит, — покачал головой Гуров.

— А должен бы, — снова съязвил Устинкин. — Вы же за этим сюда пришли.

— На мой вопрос я ответа не получил, а пришел я сюда исключительно за этим, — парировал Лев.

— Хорошо, перефразирую: в моих записях нет упоминания Краснознаменска, потому что я туда не собирался, не ездил и никого там не подбирал, в том числе и вашего исчезнувшего Паранина, кем бы он ни был. — Либо до Устинкина еще не дошло, в чем именно его подозревают, либо он действительно к исчезновению Паранина отношения не имел, поэтому голос звучал ровно.

— Имеется свидетель, который видел, как Паранин садился в автомобиль «Лендровер» черного цвета с номерным знаком, начинающимся с литеры А и двух единиц. А именно так начинается ваш номерной знак.

— Это не доказательство. Мало ли таких машин в одной только Москве? — Спесь с Устинкина начала постепенно сходить.

— Я тоже так думал, пока по базе не прошелся. Представьте себе, в Москве зарегистрирован лишь один «Лендровер», у которого номер начинается с этих знаков. К тому же свидетель дал описание водителя. Высокий молодой мужчина лет тридцати — тридцати двух. Волосы с рыжим оттенком, ближе к медному, кудрявые, средней длины. Одет в строгий классический костюм и белую сорочку. В нагрудный карман пиджака заправлен цветной платок. Знакомые приметы, не так ли?

— Вы уверены, что ваш свидетель дал именно это описание? — После последней фразы Устинкину стало уже не до сарказма.

— Я уверен, — заявил Гуров. — Есть еще описание ваших друзей, которые в тот день были с вами в автомобиле. Хотите послушать или вспомните сами?

— Точную дату назовите, — попросил Устинкин.

Гуров назвал, тот снова полез в перекидной календарь, пробежался глазами и разочарованно покачал головой:

— Черт, надо же так совпасть!

— Нет алиби? — догадался Лев.

— Не совсем. Просто я надеялся, что в этот день мог быть за пятьсот километров от Москвы и вашего Краснознаменска. Мне часто приходится выезжать в филиалы, а их у нас по России десятка два наберется. И в Екатеринбурге, и в Новороссийске, и в Смоленске. Буквально три дня назад из Владимира вернулся, а до этого в Ярославль гонял, — пояснил Устинкин. — Это же стопроцентное алиби, когда кто-то видел тебя за тысячу или хотя бы пятьсот километров от места, где ты якобы был. Но в этот день я работал по Москве, значит, придется поднимать записи, разыскивать клиентов, с которыми работал, и только тогда алиби получит подтверждение. Хреново!

— До сих пор работаете по вызовам? Или средств на жизнь не хватает, что у своих же рабочих план крадете?

— Просто нравится квартиры продавать. Живое общение с клиентом ничем не заменишь. — Устинкин вынул из принтера лист бумаги стандартного формата, выписал из календаря три фамилии вместе с адресами, толкнул лист Гурову: — Вот мои клиенты. Две женщины, один мужчина и один старик. Продажи в этот день шли идеально. За три часа четыре сделки, такое и у новичков нечасто случается.

— Записи ваши я приобщу к делу, — предупредил Лев. — Если захотите что-то добавить или изменить показания, возражать не стану.

— Не было меня у Краснознаменска. Точно не было. — Устинкин словно сам себя убеждал. — Не знаю, кто ваш свидетель, но он явно врет. Вешает вам лапшу на уши.

— Вы так считаете? Откуда тогда у него ваше описание и описание вашего автомобиля?

— Без понятия. Может, конкуренты решили меня по-тихому «слить», — вслух размышлял Устинкин. — Может, сам свидетель день или место перепутал. Видел меня где-то в одном месте, а потом, когда про исчезновение человека узнал, картинки одна на другую в уме наложились, а он вам их за правду преподнес. Или тупо от себя подозрение отводит, врет напропалую, а чтобы не ошибиться в случае, если вы повторно описание машины или места потребуете, взял себе за эталон малознакомого или вовсе незнакомого человека вместе с его машиной.

— И так подробно описал и вас, и ваш автомобиль, и даже ваших друзей? — Соглашаться с Устинкиным Гуров не спешил, хотя резон в его размышлениях видел.

— Что тут удивительного? Если он к похищению готовился, то позаботился и о себе, и о том, на кого легче всего вину свалить.

— Это на вас-то легко вину свалить? Скорее уж хотел нам забот добавить, чтобы попотели как следует, вину вашу в суде доказывая, — чуть не рассмеялся Лев. — Разве только вы денег на адвоката пожалеете.

— Этот ваш свидетель, он хоть доверие вызывает? Он точно мне не конкурент? — принялся допытываться Устинкин. — Понятно, что фамилию его вы мне не назовете, но сами-то можете пробить, чем он по жизни занимается. Я вам список своих главных конкурентов предоставлю, пробейте их на предмет знакомства с вашим свидетелем. Может, он кум чей или в «шестерках» ходит. Да нет, не стали бы они себя так подставлять. Легче со стороны человека нанять. Может, и наняли, он за деньги меня подставил, а вам — головная боль. Я не шучу, реальную картину предлагаю.

— Не могли же ваши конкуренты похитить человека, чтобы тупо вас из строя вывести?

— Почему нет? В риелторском бизнесе такие бабки крутятся, вам и не снилось, — разоткровенничался Устинкин. — Наравне с мусорным бизнесом идем. За мое место не семизначную цифру, девятизначную дать могут.

— Допустим, я вам поверил, — неожиданно для самого себя произнес Гуров. — Давайте подумаем, какие доказательства вы можете предъявить на день исчезновения Паранина.

— Клиентов назвать, с адресами и мобильными координатами. Они, конечно, вонять начнут, что я информацию сливаю, да мне плевать. Речь идет о моей шкуре, ради этого не грех и репутацию подмочить.

— Называйте имена, — сдался Лев.

— По порядку?

— Лучше начать с конца. Паранин весь день с невестой провел. Он на автостанцию уехал ближе к восьми вечера, значит, теоретически в джип пересесть мог не раньше двадцати одного часа.

— О, так это легко! — обрадовался Устинкин. — Там у меня уже клиенты закончились. Мы с Гоголем и Богатырем сестру богатыревскую встречать ездили. Тоже, кстати, на автостанцию.

— В Мякинино? — В мозгу у Гурова будто что-то щелкнуло. В памяти всплыл первый разговор с Ниной. Тогда она сказала, что на парковке неподалеку от «Фольксвагена» стоял джип. И как он мог это забыть!

— Точно, в Мякинино, — осторожно подтвердил Устинкин.

— Стекла в вашем джипе тонированные?

— Разумеется. — Устинкин не понимал, что происходит, но наверняка что-то важное, даже грандиозное. Такого выражения лица, как было сейчас у полковника, ему еще ни разу не приходилось видеть. Он бы назвал это выражение одухотворенным или даже величественным. Будто физически увидел, как над загадкой приоткрылась завеса тайны. — У вас что-то срослось?

— Срослось, — повторил за Устинкиным Гуров.

— Я вижу. Аж мурашки по коже, — чуть ли не шепотом произнес Устинкин. — Вот у вас работа, прямо как у факира. Из ничего вдруг раз — и решение задачи!

— Помолчите, — резко перебил его Лев, забыв, что перед ним не подчиненный и даже уже не подозреваемый. — С мысли сбиваете!

Устинкин не обиделся. Закрыл рот и сидел молча, точно в театре перед началом второго акта. А Гуров лихорадочно размышлял. Итак, джип Устинкина стоял бок о бок с машиной Верелыгина. Долго стоял. А на улице жара, окна открыты, даже если кондиционер в машине есть, все равно приток свежего воздуха необходим. За такое время Верелыгин мог приметы наизусть выучить. Невольно, на автомате. Потом, когда прижали, вспомнил этот джип и решил выиграть для себя время. Лучший способ — заставить полицию гоняться за призраками, что он и сделал.

— И еще эти руки... — Лев даже не заметил, что заговорил вслух. — А ведь бабка Клава не просто намекала, она буквально носом меня в эти руки тыкала. И сосед вовремя попался. Перекись — это важно. Ох ты, холера тебя забери!

— Эй, полковник, вы как, в норме? — забеспокоился Устинкин и громко хлопнул ладонью по гладкой поверхности полированного стола. Ладонь издала хлюпающий звук, Лев вздрогнул и уставился на Устинкина, не понимая, что произошло.

— Вы бы с напарником ездили, что ли, — жалостливо посмотрел тот на него.

— Я в норме, — заверил он. — Уже в норме.

— Полагаю, я вне подозрений? — уточнил Устинкин.

Гуров кивнул в ответ. Устинкин теперь был ему не интересен, надо было спешить, чтобы подозреваемый не успел сбежать. Он действительно пожалел, что не дождался напарника, вдвоем было бы проще. «Ничего, справлюсь. Не впервой, — сам себе дал установку Лев. — По дороге позвоню, Стас успеет».

ГЛАВА 10

В центре комнаты валялась диванная подушка — старинная вещица, из тех, что, вопреки соображениям рационализма, сохраняют и в зажиточных домах, и в семьях победнее.

Для кого-то это древний потертый ковер, который висел над кроватью прадеда, деда, отца, теперь принадлежит тебе. Он уже не висит над неизменным диваном, а запрятан в темный чулан, но расстаться с ним никак — в нем воспоминания о долгих вечерах со сказками, ванильными булочками и клубничным джемом.

Для кого-то это стеклянный шар — умилительный рождественский сувенир с малюсеньким домиком внутри. Стоит потрясти, и произойдет чудо: снег крупными хлопьями или мелкой крупой посыплет на крышу сказочного домика. Стекло изрядно поцарапано (немудрено, сколько пар детских ручонок хватали его из года в год, желая увидеть, как происходит чудо), домик сквозь паутину трещин едва просматривается, а избавиться от него рука не поднимается. Слишком дороги эти детские воспоминания.

У него вот подушка. Простая «думка», но из гобелена ручной работы, с пастухом, барашками и кривыми березами. От времени гобелен кое-где полопался, наполнитель вылез наружу, краски поблекли, а вещица так и не потеряла привлекательности в глазах хозяев. От комплекта из шести штук сохранилась только эта, с пастухом, но как раз она и была дороже золота. Память о брате.

Когда-то давно, когда дом был полон чад и домочадцев разных возрастов и полов, этой подушке доставалось особо. Футболить несчастного пастуха от угла до угла — самое невинное из занятий. Знали, что от старших влетит, а все равно удержаться не могли, уж больно комично выглядели барашки, летящие над диваном. Еще комичнее выглядел брат. Как он радовался, как звонко хохотал, отправляя детской ножонкой «барашков в космический полет». И он, здоровый двадцатилетний лоб, не мог удержаться, шел на поводу у пятилетнего сорванца, наравне с ним пиная семейную реликвию.

Еще совсем недавно реликвия вызывала щемящее чувство ностальгии и какой-то тихой тоски. Теперь же к этому чувству примешивались страх, боль и омерзение. Не просто так подушка валялась на полу так долго, что слой пыли вокруг нее достиг толщины качественного персидского ковра. Надо бы убрать, да рука не поднимается. Сколько раз за последний год он пытался это сделать? Десять, тридцать? И каждый раз отступал. Подойдет, постоит над «думкой», махнет рукой и в подвал, усмирять тоску по брату.

Брат, братишка, неугомонный малек, скорее сын, ведь растил его с малых лет. Разница в возрасте сгладилась, как только брат «двадцатник» разменял. И началась дружба. Крепкая, настоящая, мужская. А потом приключилась эта стерва. Что бы только ни отдал, только бы никогда не встречать эту тварь! Безжалостная, расчетливая, прогнившая до самого нутра. Брата в один миг окрутила, да так, что тот вздохнуть без нее не мог. Есть не мог, пить не мог, спать не мог. Больно смотреть...

Но ей и этого оказалось мало, брата к рукам прибрала, окольцевала и за него взялась. А он-то, старый дурак, как мог поддаться на ее лживые речи? Да ясно все, метод, которым действуют коварные женщины, всегда один. Вспоминать мерзко, да только воспоминания эти жгут каленым железом, разъедают внутренности, а из памяти не идут. Осознание неизбежного пришло слишком поздно.

Пока стерва перед ним хвостом крутила, мозг словно замороженный был. И ведь понимал, что нет чувств никаких и быть не может, а встреч тайных ждал. Тварь эта ночь с братом прокуролесит, а утром к нему, еще теплая от ночных объятий. Ему бы отказать, но не мог. Пряный запах в нос ударит, и все, «снесло кукушку». На все плевать: на брата, на общественное мнение, даже на то, что его семя в ней с семенем брата мешается. Пусть! Важно только то, что она рядом, что в глаза смотрит и слова говорит такие, каких вовек не слыхивал, и штуки вытворяет — не в каждом фильме для взрослых такое увидишь, не то что самому испытать.

Подсел он на стерву капитально, за каких-то пару недель в бессловесного раба превратился. Ей того и надо. Первый этап отработала, ко второму перешла, плавненько так, виртуозно. Разговоры в ход пустила задушевные, перспективы рисовала радужные и при этом грязь на брата лить не забывала. Так мозги промыла, что возненавидел он малька лютой ненавистью. Словно и не было долгих лет любви и дружбы, все из памяти вытравила. И то, как ночами у постели его сидел, жар сбивал, когда первый зуб резался, и как рисовал зеленкой смешные мордочки на сбитой в первом футбольном матче коленке.

К роковому решению подвела профессионально. У него и сомнения не возникло, что мерзкая идея самому на ум пришла. Потом вроде как просветление наступило. Позже, когда из-под чар ее ненадолго вышел, сделал попытку уйти от беды — не вышло. Обстоятельства круто завернули, алкоголь в башку шибанул, и ведь не одному ему. Слово за слово, спор возник, претензии посыпались, оскорбления. До кулаков не дошло, только значения это уже не имело, лишь время отсрочило да шансы уравняло.

Позже, когда по лесу с пробитой головой рыскал, на луну от отчаяния выл и ладони о землю до крови тер, реальная картина открылась. Ярко, полно, как на ладони. План стервы еще коварнее оказался. Ни он, ни брат его этой твари на хрен не нужны. Вражду сеяла, чтобы от обоих избавиться. И ведь чуть не сложилось так, как задумала. Самой малости не хватило, может, полсекунды, может, четверть вздоха. От такого не то что на луну взвоешь, в петлю влезешь. Но нет, в петлю он не полез. Собрался с силами, и в обратный путь.

И снова судьба карты перепутала, то ли из жалости, то ли в насмешку. До стервы так долго добирался, что ненависть поистерлась, превратившись во что-то жалкое и липкое. Почему? Кое-что случилось. Позже. Уже тогда, когда домой шел. Из-за этого тварь шанс получила, потому как сам он не был больше тем, кем родился. А быть может, наоборот, стал тем, кем на роду написано. Один черт — стерва выиграла. Победила по всем фронтам, разыграла карту и вместо желанного каре роял-флеш выкинула.

И продолжала выигрывать. По большому счету, до полной победы осталось всего ничего. Может, день, может, неделя, а может, и пара часов. Что ждет его через месяц? Что ждет через неделю? Быть может, уже сейчас за забором выстроились люди в камуфляже и с автоматами наперевес... Плевать! Все равно так, как раньше, уже не будет. В тюрьме тоже люди живут. Какая глупая, пошлая фраза. Тот, кто ее придумал, совсем не догонял. Тупица, что он называет жизнью? Нет, сдаваться он не собирается, пусть попотеют, чтобы доказать, а он посмотрит, как это у них получится.

Снова головная боль дала о себе знать. Железными тисками сдавила виски, разошлась кольцами по черепу, глаза заволокла белесая пелена. Привычным уже жестом он надавил ладонями на глазницы, пару минут посидел неподвижно. Не помогло. «И не поможет, — объявил он сам себе. — Ты знаешь, что поможет. А еще ты знаешь, что снова сделаешь это. Рано или поздно, но все равно сделаешь». Ноги сами понесли в подвал. Туда, где останавливается время. Туда, где нет ни сегодня, ни завтра, а главное, нет вчера.

Гуров гнал автомобиль по Волоколамскому шоссе и думал лишь о том, сколько времени потратил на то, что получить можно было намного проще и быстрее. Все, что от него требовалось — это сосредоточиться и собрать все факты, улики, подозрения и предположения в один ряд. Ну, и мозг напрячь, разумеется. Конечно, он не Шерлок Холмс, но тоже кое-что может. Взять, к примеру, те злополучные бутылки из-под перекиси: он их увидел, в памяти зафиксировал, но к делу не подогнал. На подкорке разве.

Или фраза торговки бабы Клавы про руки водителя «Фольксвагена». Как она настойчиво твердила: руки премерзкие, мерзкие руки. Гуров все думал, чем могла баба Клава побрезговать? Экзема, гнойники, нарывы? Вовсе нет. Не нарывы и не гнойники. Женщина немолодая, многое в жизни видела, со многим мирилась, ко многому привыкла, а тут вдруг такое омерзение. И слово-то какое точное подобрала, а все потому, что дошло до нее, каким образом эта гадость на ладонях появилась. Не сами руки у нее омерзение вызывали, а то, что их такими сделало. Отнесись он к словам бабы Клавы внимательнее, сидеть бы сейчас убийце за стальной решеткой и адвоката требовать.

Но самую большую ошибку, как считал сам Гуров, он совершил, проигнорировав показания местного алкаша Петра Игнатьевича. Не просто проигнорировал, из головы выкинул, как мусор ненужный. Даже со Стасом не поделился. Выслушал и забыл. Идиот! Если бы не соседский пес Кобель с внезапно возникшей страстью к стеклу, может, и не вспомнил бы. А ведь чего проще аналогию провести. Да что толку теперь себя корить, исправлять ошибки нужно. Хорошо, если еще не поздно.

Впереди показался нужный перекресток. Гуров съехал на обочину, достал телефон, набрал номер Крячко. Тот трубку не взял. Ни после первого, ни после пятого, ни после десятого гудка. «Где же ты, Стас? В самый неподходящий момент испарился», — в раздражении бросил телефон на пассажирское сиденье Лев. С минуту раздумывал: попытаться дозвониться до напарника или ехать одному. Решил, что ждать рискованно. Время утекает просто катастрофически. Снова схватился за телефон, набрал номер дежурного. Короткие гудки сообщили, что линия занята. Повторил попытку раз пять, но так и не дождался, пока линия освободится. «Пожар у них там, что ли? Как в службу спасения, когда надо, никогда не дозвонишься. Ладно, была не была, поеду один».

Приняв решение, Гуров больше не медлил. Завел двигатель, вывел машину на трассу и поехал вперед. Путь его лежал в Пудыши, где, как он надеялся, кроются ответы на все вопросы. Почему Пудыши? Потому что интуиция и на этот раз его не подвела. Не просто так он мысленно все время к Верелыгину возвращался. Не случайно мозг сигнал подавал: с этим парнем не все гладко. Улыбочки, широкие жесты, даже его откровенность — все лживо. Думал, признает факт, что подвозил Паранина, и отведет от себя подозрения. Не вышло, не помогла хитрость.

Первым звоночком послужили слова Жаворонкова, вернее, картина, вырисовывающаяся с его слов. Странно выглядело все, что говорил Жаворонков о Верелыгине. Встречу обговаривали по телефону, и место встречи назначал сам Верелыгин. Не затем ли он приехал на работу, чтобы Валера не попал к нему домой? В тот момент Гуров об этом не думал, мысль закралась уже после посещения городского адреса, только додумать он ее не успел. Его, Гурова, промах. По городскому адресу Верелыгин принять Жаворонкова не мог, так как сам в городскую квартиру доступа не имеет. А в Пудыши не позвал, потому что не хотел дом «светить»? Скорее всего так.

Следующий момент, который настораживал: человек находится на больничном, зачем ему ехать на работу? Да, мог и больничный завозить, могли и вызвать, только очень уж странное совпадение. Ехать на работу приспичило именно в тот момент, когда лейтенант полиции встречу назначил.

Нитяные перчатки настораживали еще сильнее. Одно дело, если бы встреча произошла дома, в домашней обстановке люди не так пристально за внешним видом следят. Но разгуливать по городу в огородных хлопковых перчатках? Это перебор. И снова Гуров только на подкорке данный факт в памяти отложил. Снова промах с его стороны.

Относительно снимков «Фольксвагена», которые Верелыгин предъявил Жаворонкову, совсем интересно. Запасливый парень этот Верелыгин, предусмотрительный. И машину на СТО отогнал, и фотографии заранее сделал. Можно, конечно, и этому абсолютно безобидное объяснение найти. От работы освобождение по бюллетеню получил, время появилось, решил воспользоваться. А снимки сделал, чтобы было с чем сравнивать, если на станции накосячат. Он ведь Жаворонкову не озвучивал, какого рода проблемы с его машиной. Может, покраску заказал, может, еще что-то. Подозрительно? Совершенно не подозрительно, но только если не в совокупности с остальными фактами.

Далее слова бабы Клавы про руки. Гуров видел эти руки и знал, что вызвало омерзение у старухи. Мельком, всего пару секунд, но видел. Когда Верелыгин окурок в урну бросал, ладонь раскрыл, тогда и увидел. Еще подумать успел: с такими ладонями и нитяные перчатки в город наденешь. Все лучше, чем эти язвы уродливые. А Верелыгин не о красоте пекся, он не хотел, чтобы Жаворонков ладони увидел. Перед встречей об этом позаботился, а когда Гуров с Крячко к нему в Пудыши приехали, просто не успел перчатки надеть. Пришлось руки прятать. Ведь видел же Лев, как он старательно их то в карманы, то за спину прячет. Думал, привычка у человека такая, ан нет.

Петр Игнатьич, мякининский алкаш, прозорливее всех оказался, самую главную улику им предоставил. Ну, может, не главную, но основополагающую — точно. Как только Гуров понял, каким образом Верелыгин получил приметы «Лендровера», его водителя и пассажиров, так сразу слова Петра Игнатьича в памяти всплыли, а за ними и все остальные кусочки пазла сложились. А ведь тогда, на автостанции, когда пьянчужка с важным видом «крутой информацией» делился, Лев решил, что напрасно на него время потратил.

Да и как было подумать, что покупка простой перекиси в местной аптеке приведет к таким выводам? Ну, закупает человек антисептик в больших количествах, что в этом криминального? Мало ли в каких целях он его использует? В парикмахерских, например, его и в осветляющий краситель добавляют, и для завивки химической. Жена Гурова именно для этого ее и покупала. Кое-кто прыщи мажет, подсушивает, чтобы по всему лицу не пошли. Наверняка и для других целей та же перекись идет.

А Петр Игнатьич не поленился, с аптекаршей пообщался, так она ему сказала, что Верелыгин чуть ли не каждую неделю поллитровую бутыль берет. Зачем ему столько, удивлялся Петр Игнатьич, ему это показалось подозрительным. А вот Гурову — нет, даже тогда, когда на огороде в Пудышах гору пустых бутылок из-под перекиси увидел, озабоченности они у него не вызвали. Наоборот, связал с огородными работами и забыл. Решил, что Верелыгин антисептик для борьбы с вредителями использует. Почему нет? Вычитал какое-то народное средство, вот и испытывает.

Теперь понятно, что к огороду бутылки никакого отношения не имеют. Спасибо соседу и его псу Кобелю, навели на верную мысль. Язвы и нарывы на ладонях Верелыгина появились не вдруг и не случайно, но заживлять их все равно нужно. Чем? Да перекисью. Она и кровь останавливает, и обеззараживает. А в таких огромных количествах понадобилась, потому что раны, как у Кобеля, систематически появляются. Разница в том, что Кобеля хозяин останавливает, а Верелыгина остановить некому.

«Домыслы? Догадки? Верно, домыслы и догадки, но вполне обоснованные», — так считал Гуров. А если прибавить ко всем догадкам историю смерти брата, получается вполне четкая картина. Не совсем ясно, какую роль во всей этой истории сыграла девица, живущая в городской квартире Верелыгина, но этот пробел легко восполним. В настоящий момент главное — застать его дома, пока он не понял, что сезон охоты на него уже открыт.

Эта мысль не давала Льву покоя всю дорогу до Пудышей. Она же сверлила мозг и тогда, когда он парковал автомобиль у заросшего бурьяном забора. Плохо то, что Крячко про Струбалина сболтнул. Одно дело — знать, что того, кого ты помирать в канаву выкинул, ищет полиция, и совсем другое — знать, что тело нашли. То, что больше за время разговора они к теме трупа из Лотошина не возвращались и задерживать Верелыгина не стали, могло дать ему надежду, что никаких зацепок у них нет и связать с ним труп полиция не может. Но выдержат ли его нервы? Возможно, он уже пустился в бега.

На месте Верелыгина любой бы так поступил. Держаться здесь ему особо не за что. Родни нет, работа — самая что ни на есть простая. За дом-развалюху держаться, когда на кону свобода? Выходя из машины, Гуров поискал глазами «Фольксваген», проверить, правдивы ли слова Верелыгина о том, что машина — на станции техобслуживания, времени у него не было, а в свете новых фактов эта информация вполне могла оказаться ложью. Нет машины — свобода передвижения ограничена, хотя и на «Фольксвагене» далеко не уедешь, раз он на заметке у полиции. При необходимости на первом посту остановят и задержат.

Машины не было ни у дома, ни во дворе. Впрочем, как и самого хозяина. Лев поднялся на крыльцо, на двери висел замок. Тогда он обошел двор, толкнул входную дверь на задах, та тоже оказалась закрыта. В беседке, где совсем недавно их с Крячко принимал Верелыгин, было пусто. «Опоздал? — пронеслось в голове. — Скорее всего опоздал. Придется объявлять в розыск. Но с чем я пойду к Орлову? С домыслами и догадками? Пошлет он меня куда подальше, как пить дать пошлет».

Он понимал, что по факту доказательств вины Верелыгина у него не было никаких. Нина машину его на автостанции видела? Так он и не отказывался, что подвозил Паранина, и история с «Лендровером» еще требует доказательств. По Струбалину и такого свидетеля нет. Руки изрезаны? И что с того? Двор запущенный, дом старый, работы много, вот и изрезал руки. Не станет же Гуров проводить в доказательство своей теории параллель с соседским псом Кобелем? А ведь он именно эту параллель и провел. Да Орлов его засмеет.

«Выход у тебя один, — мысленно произнес Гуров. — Войти в дом и найти там доказательства». Почему-то он был уверен, что непременно найдет в доме то, что гарантированно Верелыгина под статью подведет. Снотворное, которым он пассажиров опаивал, личные вещи жертв, да мало ли что еще? Совсем хорошо было бы, если бы Верелыгин оказался из тех чудаков, которые все свои мысли и поступки в дневник заносят. Вот это была бы удача. Только вряд ли такой тип, как Верелыгин, с ручкой и бумагой дружит.

Задняя дверь запиралась на засов, открыть ее можно было, только вышибив дверь. Такая перспектива Гурова не устраивала, его вторжение должно было остаться тайной как для хозяина, так и для следствия, иначе ни одну улику нельзя будет использовать в суде. Вопрос законности в отношении несанкционированного проникновения на частную территорию его совсем не волновал. С волками жить — по-волчьи выть, ему ли не знать, как работает система?

«Парадная дверь на замке. Где-то должен быть запасной ключ. В частных домах подобная практика — не редкость», — подумал он и снова обошел дом, поднялся на крыльцо, огляделся. Пошарил рукой по притолоке, проверил перила, заглянул под крыльцо. Ключа не было. «Спокойно, Гуров, спокойно! Сосредоточься, тебе должно повезти, — мысленно убеждал он себя. — Выйди во двор, быть может, ключ в другом, отличном от привычных мест тайнике».

Он спустился с крыльца, снова огляделся. Чуть в стороне, под окном, выходящим в сени, увидел бочку, накрытую деревянной крышкой. Крышка чуть сдвинута в сторону, трава перед ней изрядно примята.

— Отлично, похоже, ты нашел то, что искал, — вслух проговорил Лев и направился к бочке.

Он не ошибся. Сдвинув крышку в сторону, увидел черный шнурок. Тот висел на проволоке, прилаженной к специально просверленным отверстиям на тыльной стороне бочки. На шнурке блестел ключ. Взяв его, вернулся на крыльцо. Ключ подошел идеально. Щелкнул запор, и замок упал в руку, оставив петлю на проушинах. Освободив проушины, Гуров вошел наконец внутрь.

Сени выглядели совершенно безобидно: старые проржавевшие ведра, стоптанная обувь, сваленная кучей в углу, на гвоздях, вбитых прямо в стену, — допотопные плащи и ватники. Кухня оказалась не более презентабельной, чем сени. Старая мебель, сохранившаяся, видимо, еще со времен верелыгинского деда, полинявшая от времени и частого использования клеенка на деревянном столе, такой же старый табурет в единственном экземпляре. Подушка-думка, брошенная по центру комнаты, цепляла глаз, заставляя возвращаться к ней взглядом вновь и вновь. Почему хозяин не поднял ее? Почему вообще она оказалась в кухне, дивана-то здесь нет?

«Позже, Гуров, подумаешь об этом позже. Сейчас у тебя другая задача». Лев перевел взгляд на раковину. Там, на полке, стояла бутылка из пластика. Желтая этикетка сообщала, что в емкости хранится перекись водорода в объеме ста миллилитров. На шероховатом пластике и на бумажной этикетке два отпечатка. Бурые пятна крови. Он столько раз видел подобные следы раньше, что для идентификации ему и экспертизу проводить не нужно. «Вот это уже лучше. Молодец, Гуров, в этом ты не ошибся», — сам себя похвалил Лев.

Но следы крови на кровоостанавливающем средстве еще не улика. Подтверждение домыслов — да, улика — нет. Он прошел в большую комнату. Картина не удивила: все та же старинная мебель, все те же пыль и неухоженность. Заглянул в комод. Верхний ящик оказался практически пуст.

Кое-какая одежда, пара новых носков, упаковка батареек и странный предмет, похожий на кривой стартер, каким в советские времена запускали двигатели на автомобилях. Только тоньше и раза в три меньше.

Трогать его Гуров не стал, открыл следующий ящик. Там навалом лежала одежда все тех же советских времен. Шарфы и шапки-ушанки, свитера-самовязки, хлопковые подштанники и прочие мелочи. Третий и четвертый ящики оказались пустыми. В трехстворчатом шкафу с зеркалом на средней части лежал все тот же хлам. На вешалке висели костюмы, пыльные от времени и траченные молью. На полу стояла обувь, которой не пользовались лет двадцать. И ничего похожего на улики.

«Проклятье, неужели все впустую? Нет, нужно осмотреть все помещения. Не заговоренный же он, должен был где-то промах совершить. А раз он должен был совершить, ты должен это обнаружить, — уговаривал сам себя Лев. — Смотри внимательно, думай не спеша». Но в доме, помимо пузырька из-под перекиси с кровавыми отпечатками, так ничего и не нашлось.

Он уже собирался выйти из комнаты, чтобы проверить закуток, вроде темной спальни, но, последний раз окинув комнату взглядом, зацепился за одну деталь. Внимание привлек обычный карманный фонарь на веревке, он висел на металлической каретке кровати, свисая до самого пола. Лампочка отбрасывала тусклый, едва заметный при солнечном освещении свет. Луч падал на половицы и проходил вглубь. Гурову показалось это странным. Не то, что хозяин забыл потушить фонарь, а то, что свет пробивал пространство слишком глубоко для пола в деревенском доме. Как будто свет возвращался обратно, отражаясь от светоотражающей поверхности.

Лев вернулся, опустился на колени, пощупал доску, в просвете которой играл свет, та едва заметно прогнулась. Тогда он снял фонарь, посветил в просвет. Так и есть, препятствия в виде пакли или замазки в этом проеме не оказалось. Зато на ручке фонаря он обнаружил прикрученную изолентой металлическую пластину. Это был наконечник стамески. Он поддел доску, потянул вверх. Пол, шириной в четыре доски, поднялся от края до края, открывая вход в подпол. Крайняя доска аккуратно стесана изнутри, чтобы просветы между досками имели одинаковый размер, а крышка подпола свободно открывалась.

«Странный способ устраивать подпол. Мало того что в комнате, а не в кухне или в сенях, так еще и крышка на всю длину комнаты. Интересно, для чего хозяевам понадобилось устраивать подпол так, чтобы скрыть его существование от окружающих?» Вопрос остался без ответа. Гуров мог предположить, что устраивали его во времена тотальной коллективизации, когда по зажиточным домам ходили люди из продразверстки и выгребали из закромов крестьян все подчистую, или же в военное время там прятались от всеобщей мобилизации члены верелыгинской семьи, не желающие погибать за Родину. Когда-то он об этом читал, но видеть воочию подобные тайники не приходилось.

Вниз в подпол вела лестница, сколоченная из двух продольных балок и пяти ступеней с широким шагом, явно под мужскую ногу. Повернув фонарь лампочкой вперед, Лев спустился вниз. Подпол представлял собой довольно вместительную комнату, примерно в половину размера той, что осталась наверху. Земляной пол, два ряда стеллажей по боковым стенам, что-то типа стола по центру — вот и вся обстановка. Потолок на удивление высокий, даже нагибаться ему не пришлось.

Лежака не было, из чего он сделал вывод, что все-таки помещение использовалось для хранения продуктов. На стеллажах еще сохранились остатки стеклянных банок, деревянные ящики и прочий хлам. Выглядело помещение запущенным, если бы не следы возле стола. Здесь земляной пол был изрыт настолько, что земля поднялась сантиметров на двадцать относительно уровня пола в остальной части комнаты. Орудие, которым рыли землю, лежало здесь же, на полу. На стене висел еще один фонарь. Его хозяин дома тоже не потрудился погасить. Неровный свет освещал не всю комнату, а лишь ту часть, где сильнее всего была изрыта земля.

— Голову даю на отсечение, что крови в этой земле больше, чем песчинок, — вслух проговорил Лев.

Голос должен был прозвучать глухо, как и положено в небольшом помещении с земляным полом, однако он распространился по комнате и вернулся довольно громким эхом. Не как в горах или в пустой комнате, но что-то с отраженным звуком было не так.

— Что же ты здесь прячешь, гражданин Верелыгин? — решил он повторить эксперимент и произнес вопрос вслух. И снова услышал странное эхо, которого в подполе быть никак не могло. — Наверняка что-то прячешь, и скоро я это выясню. Раз уж я сюда попал, без ответов не уйду, даже не надейся.

Продолжая говорить вслух, Гуров начал передвигаться по комнате, обходя стену за стеной. Ему показалось, что эхо усиливается у дальней стены, вдоль которой не было стеллажей. К тому же возле нее ощущался сладковато-приторный запах. Он принюхался, постучал по стене костяшками пальцев. Звук получился звонкий, такой, какой бывает, когда щелкаешь по переспевшему арбузу.

— Или по пустотелой стене, — сам себя поправил Лев. — Итак, у нас тайная комната. Надеюсь, найду я там не то, что приходит на ум.

А на ум пришла жуткая мысль. Настолько жуткая, что додумывать ее не хотелось. Тайная комната, пропавшие люди, тошнотворно-сладкий запах... В совокупности это давало то, что послужит таким доказательством, после предъявления которого Верелыгина закроют лет на двадцать.

Оставалось найти вход, и он начал прощупывать стену на предмет наличия замка или механизма, открывающего фальшивую стену. Замок отыскался не сразу. Тот, кто строил тайное убежище, сделал это по уму. Отверстие нашлось у самого стыка стен, ближе к потолку. Если бы Гуров не нашел странный предмет, похожий на кривой стартер, в ящике комода, может, и не догадался бы, что малюсенькая дырочка и есть замочная скважина. Но он его видел, потому и понял, для чего отверстие предназначается.

Пришлось возвращаться в комнату, брать самодельный ключ и снова спускаться в подпол. Лев вставил ключ в отверстие, сделал два поворота, и стена поддалась. Отошла в сторону ровно настолько, чтобы смог пройти человек средней комплекции. Он протиснулся в проем. За фальшивой стеной располагалась еще одна комната, примерно таких же размеров, что и первая. Здесь было темно. Лев направил фонарь в центр комнаты, нажал на кнопку. Луч от фонаря ударил в стену, освещая пространство вокруг, и он, не сдержавшись, воскликнул:

— Боже милостивый, что же ты такое, Сергей Верелыгин?!

Увиденное повергло его в шок. Даже его, полковника полиции, не один десяток лет расследующего кровавые преступления, открывшаяся картина ужаснула. А ведь он видел только то, что первым бросалось в глаза. По центру комнаты стоял деревянный топчан, обитый металлом. Под ним кровавое пятно объемом с полноценную ванну. Кровь впиталась в землю, смешалась с грязью, и с первого взгляда становилось понятно, что образовалась она не за один раз. «Сколько же людей нужно было загубить, чтобы получить такой результат?» — пронеслось в голове Гурова.

Ответ не заставил себя ждать. Взгляд перешел левее, где каменная стена плавно перетекала в земляную. От стены тут мало что осталось. То, что он видел, скорее напоминало курган, из которого во все стороны торчали части человеческих тел. Руки, ноги, локти и колени, все то, что не удалось засыпать землей. Гуров насчитал шестнадцать конечностей. Принадлежат ли они такому же количеству людей, или тел под курганом захоронено меньше, без экспертизы определить было сложно. Но и того, что он видел, было достаточно, чтобы понять: они имеют дело с маньяком, у которого с головой куда хуже, чем можно себе представить.

— Надо выбираться отсюда, — снова заговорил вслух Лев, хотя необходимость в этом отпала. — Нужно как можно скорее уходить, вызывать бригаду и объявлять розыск, пока он не ушел далеко. Доложить Орлову, генерал быстро организует все, что нужно.

Гуров с трудом оторвал взгляд от кургана, похоронившего под собой жертв маньяка, на ватных ногах дошел до проема в стене, выбрался в первую комнату. И начал судорожно глотать воздух. «Соберись, Гуров, сейчас не время поддаваться слабости!» — дважды с силой ударил себя по щекам Лев, чтобы окончательно прийти в норму. Голова слегка кружилась от спертого воздуха и нехватки кислорода. «Ничего, поднимусь наверх, оклемаюсь», — подбодрил он себя. А когда поднялся на три ступени, вдруг услышал какой-то новый звук и замер на месте. Звук шел из комнаты. «Неужели Верелыгин вернулся?» — пронеслось в голове. И почти в то же мгновение сверху на него что-то полетело. Он едва успел увернуться. Вниз пролетела канистра, благо полупустая. Гуров увеличил скорость, опасаясь оказаться запертым в подполе. Осталось две ступени, и он в комнате, но эти две ступени еще нужно пройти. А крышка подпола уже пошла вниз. Лев рванулся вперед, подставил плечо под половые доски, надавил что есть силы. Крышка отлетела назад, и он выскочил наверх.

В комнате стоял Верелыгин. Выпустив из рук крышку, он отскочил назад и теперь безумным взглядом сверлил полковника. Не поворачиваясь, Гуров нащупал доски, толкнул крышку вниз. Они соединились, закрыв подпол, и это дало возможность встать устойчиво. Верелыгин будто застыл. Стоял, зажав в руках подушку-думку, и смотрел, как Гуров закрывает подпол, как начинает двигаться вперед. Смотрел и молчал. Оставалось сделать один шаг, и Верелыгин был бы у него в руках, когда тот вдруг ожил, резко замахнувшись, бросил подушкой в Гурова и побежал. Гуров снова увернулся, чертыхнулся и помчался за Верелыгиным.

Догнал его в дверях. Сделал подсечку, тот пошатнулся, но на ногах удержался. Развернувшись лицом к Гурову, оскалился, точно бешеный пес, и кинулся на него. Лев поставил блок, но не успел, Верелыгин впился зубами в предплечье, начал рвать ткань рубашки, вгрызаясь в плоть, как дикое животное. Лев колотил его по ребрам, единственное место, доступное для удара, но на Верелыгина его удары точно не действовали, хватка его от этого только усиливалась. Тогда Гуров изловчился, вывернул руку противника и, применив болевой захват, начал гнуть руку в сторону. Верелыгин взвыл, разжал челюсти, перекатился на спину, подминая под себя полковника.

— Ааааа, падлаааа! — вдруг заорал он, боль от выкручиваемой руки только-только дошла до мозга, затуманенного то ли страхом, то ли азартом. — Удавлю гадаааа!

С этими словами Верелыгин рывком поднялся на ноги, увлекая за собой Гурова. Чтобы попытаться перехватить инициативу, Льву пришлось отпустить его руку, а как только он это сделал, Верелыгин зажал его голову между ладонями и с силой шваркнул о стену. В глазах Гурова потемнело, он тихо застонал и потерял сознание...

ГЛАВА 11

Очнулся Лев на больничной койке. В ногах, завернувшись в байковое одеяло, дремал Крячко. Когда он заворочался, Стас тут же открыл глаза и заулыбался:

— Очухался, герой?

— Я в больнице? — Вопрос прозвучал глупо, но лучшего в том состоянии, в котором находился Гуров, придумать было сложно.

— В реанимации, — вопреки своим привычкам, без подначек ответил Крячко.

— Сколько часов я провалялся?

— Часов? Три дня, — хохотнул Стас. — Отдых по полной программе. С капельницами, уткой и внутривенным вскармливанием.

— Сколько?! Ты не врешь?! — воскликнул Лев.

— Если быть точным, то двое суток и... — Крячко бросил взгляд. — ... шестнадцать часов. Досталось тебе нехило, приятель. Этот ублюдок все вены и артерии тебе перегрыз, врачи еле собрали.

— Подпол, — выдохнул Гуров. — У Верелыгина в доме...

— Видел я, видел, — успокаивающе проговорил Стас. — И подпол видел, и то, что в нем. И эксперты видели. Не переживай, все оформил по правилам.

— Как ты меня нашел?

— Вот это хороший вопрос. Правильный, — кивнул Стас. — Если бы не любопытство соседей, сидел бы я сейчас где-нибудь на Западном Хованском кладбище перед могильной плитой и оплакивал твою безвременную кончину. Или урну с твоим прахом у Марии оспаривал.

— Так все плохо?

— Он еще спрашивает! Говорю же, спасло тебя любопытство соседей. Через два дома от Верелыгина дедок живет, это он неладное заподозрил. Шел-то он по делам, молочка у бабы Фроси выпросить, кашки старичку захотелось. Видит, Верелыгин из ворот выскакивает, весь в крови, всклокоченный, глаза безумные. В машину твою вскочил, по газам ударил, только пыль столбом. Старичок поначалу испугался, аж в забор вжался, а потом любопытство верх взяло — что за страсти такие в соседском доме творятся? Пошел посмотреть, хозяин-то уехал, да еще на машине незнакомой. Вдруг, думает, владелец машины в доме остался? А ты и правда в доме лежишь. И тоже весь в крови, и дышишь через раз. Ну, тут старичок не растерялся, надо отдать ему должное, все по правилам сделал. И «Скорую» вызвал, и нам в полицию позвонил.

— Кто вам сообщил?

— В каком смысле? — переспросил Крячко и тут же догадался, о чем друг спрашивает. — Ты про звонок? Так старичок удостоверение твое в кармане нашел, умный мужик, доложу я тебе. Он сразу на Петровку и позвонил. Фамилию твою назвал, а дальше все как по нотам.

— Верелыгина взяли?

— С этим пока облом, — посерьезнев, ответил Стас. — Автомобиль твой он угнал, километров пятьдесят его отследить удалось, а дальше как сквозь землю провалился. Объявили в федеральный розыск, но пока безрезультатно.

— Затихарился где-то, — вздохнул Гуров. — Что в подполе обнаружили?

— Хочешь спросить, сколько? — догадался Крячко. — Много, Лева, слишком много. — Двенадцать душ, если считать Струбалина. Из них три женщины.

— Паранин?

— И он, — коротко ответил Стас.

— Жаворонкову сообщили?

— Да. Нина тоже в курсе. Сама его опознала.

— Проклятье! Надо же мне было так вляпаться! — Лев сжал ладонь в кулак и с силой опустил на каретку кровати. Боль огнем отозвалась в травмированном предплечье. Он застонал и откинулся на подушки.

— Чего буянишь? Снова отключиться хочешь? — сердито проговорил Крячко. — Думаешь, без тебя все преступники в Москве амнистию заработали? Или решил, что только ты в состоянии Верелыгина поймать?

— Ты же не поймал? — огрызнулся Лев.

— Всему свое время, — покачал головой Стас и добавил: — Есть у меня задумка одна. Надеюсь, поможет. Друг мой в Москву приехал. Дорин Илиеску. Пройдоха парень, но для нашего дела подходит как нельзя лучше.

— Что за фрукт? Имя доверия не внушает, — засомневался Гуров. — Может, обойдемся без него?

— Да брось, когда это я тебе плохого советовал? Дорин — именно тот парень, который нам нужен.

— Чем он занимается?

— Раньше в полиции служил, сейчас у него несколько иной профиль, — уклонился от прямого ответа Крячко.

— Про профиль поподробнее можно? — настаивал Гуров.

— Ладно. Только, чур, не надсмехаться.

— А есть над чем?

— Как сказать, — хмыкнул Стас. — И вообще, зачем тебе знать все подробности, вот приду с положительным результатом, тогда и расскажу.

— Ну нет, так не пойдет, дружище. Потом не за тебя ли придется перед генералом краснеть? Уволь! Выкладывай все сейчас, иначе не даю своего одобрения на привлечение этого твоего Дорина.

— Да ничего там такого страшного нет. Просто он переквалифицировался из оперов, и все.

— В кого переквалифицировался? В частного сыщика?

— Можно и так сказать. — Крячко явно не хотелось рассказывать другу правду.

— Да скажешь ты наконец или нет? — вспылил Лев. — Учти, мне нервничать противопоказано.

— Экстрасенс он, — выпалил Стас. — В Москву приехал на конференцию магов и экстрасенсов.

— Крячко, ты в своем уме?! — взревел Гуров. — Опозорить нас на всю Москву хочешь?!

— Почему опозорить? Помочь хочу, дело закрыть хочу, преступника поймать, — рассердился и Крячко. — Думаешь, я не понимаю, что разговоры о магии и экстрасенсорных способностях — бред сивой кобылы? И Дорин понимает, и возможности свои адекватно оценивает, только бабла он с этим статусом рубит в тридцать раз больше, чем если бы частным детективом назывался. А занимается он все тем же сыском. И нюх у него на таких беглецов, как наш Верелыгин, похлеще твоего будет.

— Смотри, Стас, не подведи нас под монастырь вместе со своим Чаушеску, — сбавляя тон, предупредил Гуров.

— Илиеску, — усмехнувшись, поправил его Крячко. — И подвести я никого не подведу, будь уверен. У Дорина способность к поиску в крови, а крови там столько намешано, мама не горюй! И цыганская, и молдаванская, и еврейской чуток. Это удача, что он мне помочь не отказался. Знаешь, какие у него сейчас расценки? А мне, по старой памяти, бесплатно помочь согласился. Ну, пойду я. — Он встал, потянулся и зашагал к выходу. — Если что, звони.

Дорин Илиеску оказался для Крячко настоящей находкой. Задачу, с которой не удалось справиться целому штату московской полиции за три дня, он выполнил меньше чем за сутки. Пройдохой Крячко назвал его не напрасно. Илиеску умудрялся выуживать информацию из таких источников, какие московским операм даже в голову не придет использовать. Причем ему было безразлично, на чьей территории действовать.

Последний раз в Москве он был лет двадцать назад, но связей своих не потерял. Пара звонков, три личных визита, литровая бутылка самогона, распитая за компанию с цыганами из Северо-Западного административного округа, и вот уже по области растеклась весть о том, что лучший друг барона Мито ищет «нэбуна», безумца, посягнувшего на честь друга. К вечеру этого же дня информация потекла в обратном порядке, Илиеску на пару с Крячко только успевали проверять и отсеивать.

Кто бы мог подумать, что в столице и области столько безумцев? Истории, одна хлеще другой, приводили Крячко в недоумение. Где-то мужик выгнал на дорогу трактор и распахал три полосы, прежде чем односельчанам удалось его утихомирить. По пьяной лавочке, правда, но ведь раскопал, а разумным такой поступок вряд ли назовешь. В другом месте мужик загнал соседей в сарай и три часа держал, грозясь поджечь и их, и себя. Третья история заслужила внимание ромал тем, что незнакомец умудрился за четыре часа объехать шесть деревень и впарить местным жителям двести литров вазелинового масла, выдавая его за оливковое, привезенное из самой Греции. Разумеется, ни одна из этих историй не дошла до ушей местных правоохранителей, а достоянием Крячко стала лишь благодаря обширной сети связей барона Мито.

Под утро пришла весточка о том, кого искали. Пришла она из деревни Банино. Там пару раз накануне произошел инцидент, о котором и рассказали барону Мито, а он, в свою очередь, Дорину. Между деревнями Банино и Насадкино есть деревушка Глазачево. Она давно заброшена, лет пятнадцать в ней никто не живет, но почтовый адрес за деревней сохранился, и особо «продуманный» люд все еще использует адреса Глазачево для фиктивной прописки.

Два дня назад в этой деревушке появился новый житель. Не сказать, что великан или силы немереной. Простой мужик, среднего роста, среднего возраста. Глаз безумный и речь, как у припадочного, но пострадать через него успели многие. Дело в том, что дорога от Банино до Насадкино всего одна, на этой-то дороге и приноровился промышлять «новосел». Что любопытно, денег не берет, только продукты, но уж если берет, так подчистую. И машины тормозит, используя разные уловки, и на пеших наскакивать не боится. Поговаривали, что при оружии, но за достоверность барон ручаться не стал.

— Он это, — уверенно заявил Илиеску. — Можешь не сомневаться, Стас, у меня на психов особый нюх.

Крячко и не сомневался, тем более что других вариантов все равно не было, почему не проверить этот? Доложил генералу, тот выделил бригаду. Сели по машинам и поехали. По дороге он позвонил Гурову, обрадовать решил, а тот уболтал за ним заехать. Не может, мол, пропустить задержания того, кто его чуть на тот свет не отправил. Крячко поломался немного, но за другом заехал. Можно сказать, выкрал из больницы, заговорив медсестричку дежурную, пока Лев через служебный вход выбирался.

Выглядел Гуров на удивление свежо. Рана затянулась, швы начали подживать, да и сил явно прибавилось. С Илиеску познакомился уже в машине.

— Приветствую вас, уважаемый! — радостно поздоровался с ним Дорин. — Говорят, вы возражали против моей помощи? Статус мой вам не понравился. Теперь передумали?

— Поживем — увидим, — пожимая протянутую руку, ответил Гуров. — Расскажите лучше, почему решили, что в Глазачеве Верелыгин обосновался?

— От Пудышей до Глазачева — дорога прямая, — начал перечислять Илиеску. — Автомобиль, который Верелыгин у вас увел, аккурат на этой дороге последний раз видели. Перед Волоколамском он от него избавился. Парни мои местечко там знают, где краденые машины за четыре часа на запчасти разбирают. Денег много не дают, но на подержанный рыдван ворованную тачку обменяют запросто. Про деревню Глазачево знают многие. И что заброшенной стоит пятнадцать лет, и что дома, чтобы по летнему времени недельку перекантоваться, вполне там пригодные. И что любопытные, у которых хобби по заброшенным местам ездить, в Глазачеве не шляются. На слуху деревня, потому что прописку туда легко оформить.

— Так уж и легко?

— Проще простого. Хотите, завтра вас пропишу? — засмеялся Илиеску и назвал сумму, в которую эта афера обойдется Гурову.

— Нет, спасибо, я со старой похожу, — не сдержал улыбки Лев. Ход мыслей Илиеску ему нравился.

— Потом по приметам сошлось. И грабит не ради денег, а ради хавки, тоже показатель. Ваш ведь не вор, правильно? У жертв своих он денег не брал?

— Не брал.

— Значит, воровать и грабить не привычен. Дойдет и до этого, я думаю, но не сразу. Сейчас только голод его на дорогу гонит, потом пообвыкнется, поймет, что рано или поздно из деревни выбираться придется, начнет и деньги шмалять, — уверенно вещал Илиеску.

— Будем надеяться, что на это у него времени не хватит, — вступил в разговор Крячко. — Только бы это был он. Руки чешутся, как хочется его в клетку посадить.

Минут десять перебирали другие варианты, где мог находиться Верелыгин, но постепенно обсуждение сошло на нет. До самого въезда в Глазачево ехали молча. Впереди седан с полицейской «мигалкой» и символикой, за ним микроавтобус с группой захвата. Перед деревней их встречал участковый инспектор, которого к Глазачево вызвал Крячко. Ранний звонок радости у инспектора не вызвал, но Московскому уголовному разве откажешь? Приехал на старенькой «шестерке», заглушил двигатель и спать завалился. А чего время терять, раз москвичи еще не прибыли? Из машины вылез заспанный, лицо помятое, глаза еле открываются.

— Красавчик, — подмигнув, шепнул на ухо Крячко Илиеску. — Прямо как с выставки.

— Здравия желаю, старший лейтенант полиции, участковый инспектор по Куликовскому сельскому поселению, Рыбкин Константин Андреевич. — Хоть и сонный, инспектор про субординацию не забыл, представился по форме.

— Полковник Крячко, — первым протянул руку Стас, затем представил остальных и перешел к насущным проблемам: — Расскажи нам, Константин Андреевич, что из себя представляет деревня Глазачево?

— Тут особо рассказывать нечего. Пять домов из уцелевших на двух параллельных улицах стоят. В домах никто не живет. Время от времени бомжи селятся, то есть граждане без определенного места жительства.

— Мы поняли, лейтенант. Ты про дома рассказывай, — прервал Стас участкового. — У какого дома расположение самое выгодное, какой самый крепкий, вот что нас интересует.

— Виноват, товарищ полковник, но в этом вопросе я вам вряд ли помогу.

— Это как же? Ты же участковый, — удивился Крячко.

— Так деревня заброшенная, инспектировать там некого, — в свою очередь, удивился Рыбкин. — У меня с обжитыми деревнями проблем невпроворот, зачем же на пустую деревню время тратить?

— Ладно, проехали! Хоть примерное расположение домов знаешь?

— Так точно. Сейчас по центральной улице пойдем, два дома справа, три слева, — ответил лейтенант. — Бомжи обычно в первом справа селятся.

— Откуда же эта информация, если в деревне ни разу не бывал? — полюбопытствовал Стас.

— Так бомжей-то к нам возят, когда набедокурят, они и рассказывали. Там в доме печь до сих пор в рабочем состоянии. Прошлой зимой целая компания обитала. Правда, мирно жили, не хулиганили, порядок не нарушали, их и не гоняли.

— Езжай вперед, дорогу покажешь, — скомандовал Крячко.

Лейтенант вывел «шестерку» на проселочную дорогу, двинулся медленно, чтобы не растрясти по ухабам московских визитеров. Как только посадки проехали, открылся вид на деревню. Печальный вид опустошения и заброшенности. На полпути встали. Дорогу здесь размыло после недавней грозы, а восстанавливать некому. Вышли, посовещались, решили дальше идти пешком. Тем более что с пригорка все пять домов просматривались идеально. Группу захвата разделили на две равные части, пустили вперед, обследовать место, а сами поплелись медленным шагом.

До ближайшего дома не дошли метров сорок, когда от группы захвата вернулся боец и доложил: второй дом по правой стороне занят неизвестным. На контакт не выходил, но передвижения группы зафиксировал.

— Чердачное окно как наблюдательный пост использует. Если заходить в дом, то только с юга, но там ни окон, ни дверей.

— Транспортное средство у него есть? — спросил Гуров.

— Если и есть, то не у дома, — уверенно заявил омоновец. — Двор пустой. Хозяйственные постройки обвалились, машину не спрячешь. Остальные дворы пустые.

— Что делать будем? — Илиеску от процесса получал истинное наслаждение. — Вломимся в дом и повяжем?

— Погоди вламываться, люди говорили, у него оружие, — напомнил Крячко. — Он и без оружия без тормозов, а уж со стволом вообще «крышу» снести может. Тем более сам видишь, положение у него аховое. Можно сказать, кранты ему. В такой ситуации, когда терять нечего, он может и стрельбу открыть.

— Я попробую с ним поговорить, — выдвинул предложение Гуров. — Меня он вроде как знает, может, и пойдет на контакт.

— Мало тебе от него досталось? — сердито произнес Стас. — Что за оружие у него, мы не знаем, насколько метко стреляет — тоже. Куда ты пойдешь? Или из-за угла задушевную беседу вести собираешься?

— Не из-за угла, но поговорить надо. Вопросов много, ответов нет. Кинемся на штурм, может не выжить, а нам ответы нужны.

Пока обсуждали, как к дому подступиться, ситуация изменилась. Группа захвата организовала оцепление по периметру дома, взяв под наблюдение каждый сантиметр двора. Их командир подошел к операм за приказом.

— Группа к выполнению задания готова, разрешите начать штурм, — обратился он к Крячко.

— Погоди, капитан, тут нюансы просчитать нужно, — остановил его Стас.

И тут началось. Из чердачного окна вылезло дуло, прогремел выстрел, и верхушка березы над головами полковников разлетелась вдребезги. Мужчины, как по команде, пригнули головы, укрыться на пригорке было негде. Деревья остались далеко позади, а до построек еще нужно было дойти.

— Братцы, да у него карабин, — выдохнул капитан, когда первое волнение улеглось.

— Точно. «Сайга-12», охотничий карабин, самозарядный, гладкоствольный, — подтвердил Илиеску. — Дальность огня дробью до семидесяти метров, пулей — до ста. Может, уйдем с линии огня?

— Нужно подойти ближе к первой постройке, так ему будет сложнее прицелиться, — предложил капитан.

— Вы идите, а я все же попытаюсь договориться, — заявил Гуров и быстро сбежал с пригорка, пока возражения не посыпались.

Пока шел к дому, по спине пот потек. Кому, как не Гурову, знать, на что способен Верелыгин, если его напугать. Но нового выстрела не последовало, Лев расценил это как хороший знак. Обозначил себя, показал, что вооружен, а дальше — ход за ними. Что он и сделал. Остановился в десяти шагах от чердачного окна, медленно поднял руку в знак приветствия и громко произнес:

— Сергей Верелыгин, с вами говорит полковник полиции Лев Гуров. Вы меня хорошо слышите?

В ответ не услышал ни звука, но попыток не бросил.

— Сергей, думаю, вы понимаете, что ваше положение оставляет желать лучшего, — медленно, подбирая каждое слово, начал Гуров. — Вы знаете, что я был в доме, заходил в подпол. Других доказательств суду не потребуется, но сейчас речь не об этом.

Он выдержал паузу, надеясь, что Верелыгин как-то отреагирует на его заявление. Тот молчал, и Лев продолжил:

— Вопрос в другом. Я многое понял, до многого дошел сам, кое-что люди подсказали. Понять не могу одного: за что? Я сейчас не о тех, кто в подполе... — В предутренний час голос Гурова разносился далеко по окрестности. — Я про брата. Ведь с него все началось, верно?

— Брата не трогай! — донеслось из чердачного окна.

«Реакция пошла. Это хорошо, — обрадовался Лев. — Ответил, значит, мы не ошиблись. Молодец Илиеску!»

— Тогда скажи, что я не прав, и сменим тему, — предложил он.

— Какая разница, с чего все началось? — огрызнулся Верелыгин, но в голосе звучала такая тоска, что становилось понятно: для него самого разница есть.

— Может, и никакой, но ты мой должник. Три дня на больничной койке и отпечаток зубов на память. Имею право на компенсацию.

— Сам виноват, зачем в мой дом полез?

— Хотел убедиться в своей правоте. Знаешь, как я на тебя вышел?

— Мне без разницы. — Голос стал звучать глуше, Верелыгин сменил позицию. Крыша в нескольких местах обвалилась, открывая обзор местности.

«Хочет убедиться, что я не забалтываю его, чтобы группа захвата имела возможность попасть в дом, — догадался Гуров. — Что ж, смотри, я играю в открытую».

— Водитель «Лендровера», которого ты нам так старательно подсовывал, твой план погубил, — не обращая внимания на реплику Верелыгина, сказал он. — В тот день, когда ты увез Паранина, он приезжал на автостанцию встречать девушку. Тогда я и сложил все факты воедино. А еще твоя страсть к перекиси водорода.

— При чем тут это? — По голосу было слышно, что Верелыгин удивился.

— Да тут совсем смешная история. — Лев слегка улыбнулся, вспомнив соседского пса. — Есть у меня знакомый, который так же, как и ты, вдруг начал питать страсть к порезам. Его тоже перекисью лечат.

— Никакой страсти у меня нет! — выкрикнул Верелыгин.

— Как же нет? Ты на ладони свои взгляни. На них же живого места не осталось. Сколько ты уже их режешь? Полгода, год? Рубец на рубце, заживать не успевает. Еще немного, и мяса на ладонях совсем не останется.

— Не твое дело, руки мои, хочу и режу.

— Тот тесак в подполе для тебя или для жертв? — как бы невзначай задал вопрос Гуров.

— Пошел ты! — Верелыгин на провокацию не поддался. — Не знаю я ничего ни о подполе, ни о том, что там творится. Дом старый, много лет заброшенным стоял. Я без понятия, кто там бывал в мое отсутствие.

— Ладно, не хочешь, не признавайся. Глупо отрицать, ведь там повсюду твои отпечатки, твоя кровь, да и не только кровь, но я не настаиваю. Резал ты ладони тогда, когда жертву долго найти не мог. — Гурову ответ на вопрос был не настолько важен, чтобы зацикливаться на нем. Гораздо важнее было разговорить Верелыгина настолько, чтобы он начал питать к нему что-то, похожее на доверие. — Спускался в подвал, брал в руки свой самодельный нож, сперва землю резал, потом себя. Как кровь появится, успокаивался. Шел наверх, заливал ладони перекисью и ждал, когда боль утихнет. А как только она утихала, просыпалась новая боль. Другая. Гораздо хуже физической.

— О чем ты? — Верелыгин как будто заинтересовался.

— Ты вспоминал брата, и эти воспоминания сводили тебя с ума, заставляя совершать безумные поступки. Не понимаю, как вы прожили бок о бок столько лет, если настолько сильно ненавидели друг друга?

Вопрос был задан провокационный. Гуров надеялся, что несправедливое заявление заставит Верелыгина развязать язык, и не ошибся. Фраза про многолетнюю ненависть его взбесила.

— Да что ты о нас знаешь, придурок?! Мы с братом за всю жизнь ни разу не поссорились, пока... — Верелыгин сам себя оборвал на полуслове. Гуров встревать не стал, но на заметку тему взял. — Если хочешь знать, я, можно сказать, с пеленок его растил. Мать с отцом его работали, а я за няньку был. Добровольно, заметь. И потом, когда он вырос, всегда его опекал. И когда вместе жили, ни скандалов, ни ссор между нами не было. А ты говоришь — ненавидели!

— Поэтому тебе тяжело осознавать, что ты его убил? — Вопрос прозвучал как выстрел. Верелыгин высунулся из окна и плюнул в сторону Гурова. Про оружие он как будто вовсе забыл. — Тогда непонятно, как ты мог решиться на то, что сделал? — Лев сделал вид, что жест Верелыгина его не касается. — Давай рассуждать логически: вы с братом жили душа в душу, пока... не появилась Олимпиада? Я угадал? Это она вас поссорила, внесла смятение в ваши души? Как ей это удалось? Я бы еще понял, если бы ты тоже женат был. Две бабы в одной кухне — та еще беда, но два мужика и одна баба? А! Похоже, нащупал: Олимпиада на тебя виды заимела? Решила, что два брата лучше, чем один? А ты и поплыл. Сперва угрызения совести мучили, потом обида, что такая красотка не тебе досталась, не заметил, как планы строить начал? Сам придумал, как от брата избавиться, или вычитал где?

На этот раз Гуров провоцировал жестко. Он это понимал, но другого пути не видел. «Сейчас он либо заговорит, либо палить начнет, и тогда уже без штурма не обойтись, — размышлял Лев. — Ставлю два против одного, что заговорит. Язык-то чешется, целый год в себе такой груз носит. А у Олимпиады наверняка рыльце в пушку, не станет он ее выгораживать». И точно! Верелыгин завыл, как тремя днями раньше в доме, потом начал сквернословить, точно корабельный матрос, но затем стих, и слова из него рекой полились.

— Ааа, падлааа! На больное давишь, сука! Твари этой имя не произноси при мне, зашибу к чертям! — орал он. Из чердачного окна показалась его голова и тут же исчезла. Затем снова появилась и снова исчезла. Верелыгин метался по чердаку, точно загнанный зверь. — Жалость в тебе есть, паскуда? Душу всю сожгло, а тебе весело? Стерва эта во всем виновата, так и запиши в своем протоколе. Стерва в ангельском обличье. Знаешь, чем она меня взяла? Постелью паскудной, вот чем. Даже не оригинально. Штуки такие вытворяла, тебе и не снилось. А потом на брата капать начала. Мол, ненавидит тебя Димка, вечера не проходит, чтобы он не мечтал о том, когда один в квартире останется. Скорее бы сдох этот ублюдок, так, мол, и говорит. Квартира-то его, по сути. Глупо вышло, но ведь дарственную я ему отписал. Сам отписал, он не требовал.

Какое-то время из окна не было слышно ни звука, затем Верелыгин снова заметался из угла в угол, не мог усидеть на месте, когда про смерть брата рассказывать начал. Способ, каким от брата избавиться, ему Олимпиада подсказала. Невзначай так статейку из старого журнала подсунула, а когда тот заговорил о ней, овечкой прикинулась, мол, в мыслях не держала, у Димки в ящике комода нашла. На брата свалила, а Верелыгин поверил и решил: убить меня хочешь, так сам по своему сценарию и помирай.

День выбрал, позвал брата на рыбалку на дальние озера. Тот согласился сразу. Верелыгин тогда еще удивился, думал, долго уговаривать придется. Потом уже дошло, что брата Олимпиада по тому же сценарию окучивала. Приехали на озеро, выпили изрядно, чтобы неловкость снять и страх притупить. Разговор про Олимпиаду зашел. Серега брату и ляпни, что жена его с ним спит. Что тут началось! До драки чудом не дошло. Димка кричал, что убьет Серегу. Пусть не сегодня, но непременно убьет. Вот с Олимпиадой разберется и за брата возьмется.

Может, и убил бы, да действие алкоголя не рассчитал. Рвать его стало нещадно, ослабел так, что Сереге его в палатку тащить пришлось. Уложил спать, предварительно снотворным напоив, которое ему Олимпиада посоветовала. Когда брат уснул, пошел на озеро, запутал снасти в прибрежных камышах, туда же и брата отнес. Тот так и не проснулся, пока брат его топил. Когда уже захлебываться стал, глаза открыл и на брата так жалобно посмотрел. Только поздно опомнился, обратной дороги для него не осталось. Почему? Да потому что то, что испытал Серега, когда брата убивал, во сто крат круче героина оказалось, и остановиться он уже не мог.

Брата утопил, вылез на берег и часа три лежал, приходя в себя. Не от ужаса содеянного, от испытанного кайфа. Потом встал, пошел куда глаза глядят. Пока шел, доходить стало, что за страшный поступок совершил. Тяжесть навалилась, тоска невыносимая. Мозг мысль сверлила: «Нет больше брата, нет малька». И так паршиво стало, что сил нет. Чтобы мысли прогнать, на бег перешел, долго бежал, пока с мостков в реку не упал. Ударился головой о булыжник, сознание начало уходить. Подумал: «Вот и возмездие пришло. Быстро».

Очнулся в избушке, бабка над ним колдует, травами у носа водит. Оказалось, внучок ее Верелыгина из воды вытащил. Не стал Верелыгин себя обозначать, притворился беспамятным. Три недели у бабки пролежал, пока она его выхаживала. Потом домой вернулся. А Олимпиада уже и замки сменила, и вещички его на свалку отволокла. Похоронила заживо. Вот тогда Верелыгину вся глубина ее коварства и открылась. Не нужен ей был ни он, ни брат его, а только квартира. Как же он злился, как бесновался, вынужденный вернуться в Пудыши, в дом прадедов и дедов.

Метался по комнатам, точно пес цепной. Подушка-думка, любимое развлечение брата, на глаза попалась, так он ее пинал до тех пор, пока она не лопнула. Упала подушка по центру кухни, тогда только затих. Дошло, что братову душу почем зря погубил и себя убийцей сделал. А все ради чего? Ради того, чтобы твари этой вольготно жилось. Тогда первый раз головная боль накатила, да такая, что хоть на стену лезь. Как в подполе оказался, не помнил, очнулся от боли. Рука изрезана, на землю кровь сочится, в стороне тесак дедов валяется. Испугался. Все, думает, «крышу» окончательно снесло. Вот сейчас башка лопнет от боли, и все закончится. Притих, смерти дожидаясь, а головная боль-то прошла.

Вылез из подпола, полотенцем руку обмотал, спать лег. Пару недель отлеживался, потом встал, на работу пошел, восстанавливаться в правах. Через какое-то время боль снова вернулась. Снова себя порезал, отпустило. Пару месяцев так протерпел и понял, чего от него его черепушка требует. Повторения кайфа, вот чего. Решил было с Олимпиадой расквитаться. Два в одном, так сказать: и кайф получит, и обидчицу накажет. Уже и план составлять начал, да побоялся. Дружки у Олимпиады крутые, тут тюрьмой не отделаешься, убьют и не поморщатся. А жить-то вдруг так захотелось, что и с обидой мириться согласен.

А потом на автостанции к нему мужик подошел, попросил подвезти. Верелыгин без задней мысли попутчика взял, дурная тема по дороге возникла, когда попутчик захрапел. Привез он его тайком в Пудыши, в подпол сгрузил, ну, и сделал все что захотел. Месяц после этого как на качелях: то взлет, то падение, то эйфория, то депрессия. Потом снова попутчик, на этот раз Верелыгин сам позаботился о том, чтобы тот заснул. Снотворное в бутылку из-под колы намешал и выпить предложил. Дальше уже пошло по накатанной схеме. До тех пор, пока Струбалин к нему в машину не сел. Его аллергия на мед все карты спутала. Больше рассказывать Верелыгину было нечего.

— Вот и думай, с чего все началось и что тебе теперь со всем этим дерьмом делать, — закончил он.

— В любом случае оставить тебя здесь я не могу, ты ведь понимаешь, — помолчав с минуту, проговорил Гуров. — Выходи, сдавай карабин, а там суд решит, какого наказания ты заслуживаешь. Одно могу гарантировать: сдашься добровольно, показания подпишешь, я позабочусь о том, чтобы Олимпиада от правосудия не ушла.

— Да как ты докажешь? Ее слово против моего? Не смеши меня, дружище! Так уж, видно, на роду написано: ей процветать, а мне в земле гнить.

— Знал бы ты меня лучше, не сомневался бы в моих словах.

Гуров говорил искренне, в какой-то степени он даже жалел Верелыгина. И в том, что с головой у него проблемы, не сомневался. Пусть он и рассуждает здраво, и поступки свои оценивает адекватно, а все же мозг у него прихватило основательно. «Для начала нужно с Олимпиадой разобраться, а потом можно будет и Верелыгиным заняться. Провести психиатрическую экспертизу в любом случае по закону придется, так почему не помочь с выбором специалиста, чтобы тот не формально к делу отнесся, а с пониманием?»

Мысли его прервал посторонний звук. Он поднял глаза к окну, там никого не было, и в проеме никто не метался, и на заднем фоне не маячил. Опустив глаза вниз, Лев понял, почему наверху так тихо. Верелыгин стоял на крыльце, уперев карабин дулом себе в подбородок. «Проклятье! Только не это», — мысленно застонал он и бросился вперед, но было поздно. Выстрел прозвучал одновременно с первым его шагом. Пуля вылетела из дула, прошла сквозь мягкую ткань подбородка, и на этом жизнь Сергея Верелыгина оборвалась.

Спустя три дня на местном кладбище в Пудышах состоялась траурная церемония по захоронению тел жертв Верелыгина. Власти округа выделили на кладбище отдельное место под двенадцать могил. Родственники тех, кого удалось опознать, жались друг к другу, прикладывали платки к глазам и тихо плакали. Кто-то из них оплакал пропавших родственников несколько месяцев назад, не надеясь увидеть их живыми. Кто-то только сейчас осознал, что близкого человека нет в живых, что он больше не войдет в дом, не обнимет детей, не рассмеется веселым смехом. Больше этого не будет. Ничего не будет.

Слезы лились сами собой, и это было понятно. Но душу жгло не только осознание потери любимого или любимой. Хуже было то, что преступник ушел от наказания. Легко отделался, как выразился один из родственников жертв. Эта легкость казалась им несправедливостью. Жуткой несправедливостью, с которой им придется смириться, как и со смертью близких.

Гуров стоял у покосившегося креста, чуть в стороне от основной процессии. Не прийти он не мог. Вины за собой Лев не чувствовал, разве что за то, что тогда, у заброшенного дома, испытал жалость к убийце. Но об этом он никому не говорил и говорить не собирался. А за то, что не сумел предотвратить самоубийство преступника, вины своей не ощущал. «Возможно, так даже лучше.

Для всех лучше, — думал он, скользя по лицам убитых горем родственников. — В суде им было бы намного тяжелее. Все эти подробности о тех истязаниях, которым подверглись жертвы, кому они нужны? Нине точно не нужны, она и так всю жизнь будет винить себя за то, что в тот вечер не сдержала эмоций. Да и остальным дополнительные терзания ни к чему».

Та, о ком он только что думал, отделилась от толпы и медленно направилась в его сторону. Гуров напрягся. Выражать соболезнования он так и не научился, а в сложившейся ситуации ничего другого произносить не принято. Фадеева подошла ближе, встала рядом с Гуровым, оперлась о могильную ограду. Она не плакала, глаза оставались сухими и безжизненными. Постояли молча, затем Нина крепко пожала полковнику руку и побрела к кладбищенским воротам. Видимо, она тоже так и не научилась произносить речи, вроде той, что выдал губернатор области о мемориале памяти, который пообещал открыть на месте захоронения жертв мякининского маньяка.

Дело сделано, слова ни к чему. Провожая Нину взглядом, Гуров думал о том, жалеет ли она, что обратилась к нему за помощью? Не думает ли, что лучше оставаться в неведении, чем знать ту правду, которую для нее откопал полковник? Почему-то ему казалось, что жалеет, и это выводило из равновесия. В последний момент, у самых ворот, Нина обернулась. «Спасибо», — прошептали ее губы. «Простите», — прошептал Гуров в ответ. Нина кивнула и скрылась за воротами.

ОГЛАВЛЕНИЕ

Глава 1 5
Глава 2 31
Глава 3 61
Глава 4 88
Глава 5 115
Глава 6 139
Глава 7 169
Глава 8 202
Глава 9 232
Глава 10 259
Глава 11 287

Литературно-художественное издание

РУССКИЙ БЕСТСЕЛЛЕР

Леонов Николай Иванович
Макеев Алексей Викторович

ПОДВАЛ С СЕКРЕТОМ

Ответственный редактор *А. Дышев*
Художественный редактор *А. Стариков*
Технический редактор *И. Гришина*
Компьютерная верстка *З. Полосухиной*
Корректор *Ю. Иванова*

ООО «Издательство «Эксмо»
123308, Москва, ул. Зорге, д. 1. Тел.: 8 (495) 411-68-86.
Home page: www.eksmo.ru E-mail: info@eksmo.ru
Өндіруші: «ЭКСМО» АҚБ Баспасы, 123308, Мәскеу, Ресей, Зорге көшесі, 1 үй.
Тел.: 8 (495) 411-68-86.
Home page: www.eksmo.ru E-mail: info@eksmo.ru.
Тауар белгісі: «Эксмо»
Интернет-магазин : www.book24.ru

Интернет-магазин : www.book24.kz
Интернет-дүкен : www.book24.kz
Импортёр в Республику Казахстан ТОО «РДЦ-Алматы».
Қазақстан Республикасындағы импорттаушы «РДЦ-Алматы» ЖШС.
Дистрибьютор и представитель по приему претензий на продукцию,
в Республике Казахстан: ТОО «РДЦ-Алматы»
Қазақстан Республикасында дистрибьютор және өнім бойынша арыз-талаптарды
қабылдаушының өкілі «РДЦ-Алматы» ЖШС,
Алматы қ., Домбровский көш., 3«а», литер Б, офис 1.
Тел.: 8 (727) 251-59-90/91/92; E-mail: RDC-Almaty@eksmo.kz
Өнімнің жарамдылық мерзімі шектелмеген.
Сертификация туралы ақпарат сайтта: www.eksmo.ru/certification

Сведения о подтверждении соответствия издания согласно законодательству РФ
о техническом регулировании можно получить на сайте Издательства «Эксмо»
www.eksmo.ru/certification
Өндірген мемлекет: Ресей. Сертификация қарастырылмаған

Подписано в печать 31.08.2020. Формат $70x90^1/_{32}$.
Гарнитура «Newton». Печать офсетная. Усл. печ. л. 11,67.
Тираж 6 000 экз. Заказ 7355.

Отпечатано с готовых файлов заказчика
в АО «Первая Образцовая типография»,
филиал «УЛЬЯНОВСКИЙ ДОМ ПЕЧАТИ»
432980, Россия, г. Ульяновск, ул. Гончарова, 14

Москва. ООО «Торговый Дом «Эксмо»
Адрес: 123308, г. Москва, ул. Зорге, д.1.
Телефон: +7 (495) 411-50-74. **E-mail:** reception@eksmo-sale.ru

По вопросам приобретения книг «Эксмо» зарубежными оптовыми покупателями обращаться в отдел зарубежных продаж ТД «Эксмо»
E-mail: **international@eksmo-sale.ru**

International Sales: International wholesale customers should contact Foreign Sales Department of Trading House «Eksmo» for their orders.
international@eksmo-sale.ru

По вопросам заказа книг корпоративным клиентам, в том числе в специальном оформлении, обращаться по тел.: +7 (495) 411-68-59, доб. 2261.
E-mail: **ivanova.ey@eksmo.ru**

Оптовая торговля бумажно-беловыми
и канцелярскими товарами для школы и офиса «Канц-Эксмо»:
Компания «Канц-Эксмо»: 142702, Московская обл., Ленинский р-н, г. Видное-2, Белокаменное ш., д. 1, а/я 5. Тел./факс: +7 (495) 745-28-87 (многоканальный).
e-mail: **kanc@eksmo-sale.ru**, сайт: www.**kanc-eksmo.ru**

Филиал «Торгового Дома «Эксмо» в Нижнем Новгороде
Адрес: 603094, г. Нижний Новгород, улица Карпинского, д. 29, бизнес-парк «Грин Плаза»
Телефон: +7 (831) 216-15-91 (92, 93, 94). **E-mail**: reception@eksmonn.ru

Филиал ООО «Издательство «Эксмо» в г. Санкт-Петербурге
Адрес: 192029, г. Санкт-Петербург, пр. Обуховской обороны, д. 84, лит. «Е»
Телефон: +7 (812) 365-46-03 / 04. **E-mail**: server@szko.ru

Филиал ООО «Издательство «Эксмо» в г. Екатеринбурге
Адрес: 620024, г. Екатеринбург, ул. Новинская, д. 2щ
Телефон: +7 (343) 272-72-01 (02/03/04/05/06/08)

Филиал ООО «Издательство «Эксмо» в г. Самаре
Адрес: 443052, г. Самара, пр-т Кирова, д. 75/1, лит. «Е»
Телефон: +7 (846) 207-55-50. **E-mail**: RDC-samara@mail.ru

Филиал ООО «Издательство «Эксмо» в г. Ростове-на-Дону
Адрес: 344023, г. Ростов-на-Дону, ул. Страны Советов, 44А
Телефон: +7(863) 303-62-10. **E-mail**: info@rnd.eksmo.ru

Филиал ООО «Издательство «Эксмо» в г. Новосибирске
Адрес: 630015, г. Новосибирск, Комбинатский пер., д. 3
Телефон: +7(383) 289-91-42. E-mail: eksmo-nsk@yandex.ru

Обособленное подразделение в г. Хабаровске
Фактический адрес: 680000, г. Хабаровск, ул. Фрунзе, 22, оф. 703
Почтовый адрес: 680020, г. Хабаровск, А/Я 1006
Телефон: (4212) 910-120, 910-211. **E-mail**: eksmo-khv@mail.ru

Филиал ООО «Издательство «Эксмо» в г. Тюмени
Центр оптово-розничных продаж Cash&Carry в г. Тюмени
Адрес: 625022, г. Тюмень, ул. Пермякова, 1а, 2 этаж. ТЦ «Перестрой-ка»
Ежедневно с 9.00 до 20.00. Телефон: 8 (3452) 21-53-96

Республика Беларусь: ООО «ЭКСМО АСТ Си энд Си»
Центр оптово-розничных продаж Cash&Carry в г. Минске
Адрес: 220014, Республика Беларусь, г. Минск, проспект Жукова, 44, пом. 1-17, ТЦ «Outleto»
Телефон: +375 17 251-40-23; +375 44 581-81-92
Режим работы: с 10.00 до 22.00. **E-mail:** exmoast@yandex.by

Казахстан: «РДЦ Алматы»
Адрес: 050039, г. Алматы, ул. Домбровского, 3А
Телефон: +7 (727) 251-58-12, 251-59-90 (91,92,99). E-mail: RDC-Almaty@eksmo.kz

Украина: ООО «Форс Украина»
Адрес: 04073, г. Киев, ул. Вербовая, 17а
Телефон: +38 (044) 290-99-44, (067) 536-33-22. **E-mail**: sales@forsukraine.com

Полный ассортимент продукции ООО «Издательство «Эксмо» можно приобрести в книжных магазинах «Читай-город» и заказать в интернет-магазине: www.chitai-gorod.ru.
Телефон единой справочной службы: 8 (800) 444-8-444. Звонок по России бесплатный.

Интернет-магазин ООО «Издательство «Эксмо»
www.book24.ru
Розничная продажа книг с доставкой по всему миру.
Тел.: +7 (495) 745-89-14. E-mail: **imarket@eksmo-sale.ru**

ISBN 978-5-04-112394-9